समस्याओं को सुलझाने का नक्शा

18 समाधानों की छोटी गीता

सरश्री

समस्या को सुलझाने का नक्शा

18 समाधानों की छोटी गीता

by **Sirshree** Tejparkhi

पहली आवृत्ति : जून 2017

रीप्रिंट : अक्तूबर 2017, दिसंबर 2019

प्रकाशक : वॉव पब्लिशिंग्ज् प्रा. लि., पुणे

ISBN : 978 81 8415 654 6

© Tejgyan Global Foundation
All Rights Reserved 2017.
Tejgyan Global Foundation is a charitable organization
with its headquarters in Pune, India.

© सर्वाधिकार सुरक्षित

वॉव पब्लिशिंग्ज् प्रा. लि. द्वारा प्रकाशित यह पुस्तक इस शर्त पर विक्रय की जा रही है कि प्रकाशक की लिखित पूर्वानुमति के बिना इसे व्यावसायिक अथवा अन्य किसी भी रूप में उपयोग नहीं किया जा सकता। इसे पुनः प्रकाशित कर बेचा या किराए पर नहीं दिया जा सकता तथा जिल्दबंद या खुले किसी भी अन्य रूप में पाठकों के मध्य इसका परिचालन नहीं किया जा सकता। ये सभी शर्तें पुस्तक के खरीददार पर भी लागू होंगी। इस संदर्भ में सभी प्रकाशनाधिकार सुरक्षित हैं। इस पुस्तक का आंशिक रूप में पुनः प्रकाशन या पुनः प्रकाशनार्थ अपने रिकॉर्ड में सुरक्षित रखने, इसे पुनः प्रस्तुत करने की प्रति अपनाने, इसका अनूदित रूप तैयार करने अथवा इलेक्ट्रॉनिक, मैकेनिकल, फोटोकॉपी और रिकॉर्डिंग आदि किसी भी पद्धति से इसका उपयोग करने हेतु समस्त प्रकाशनाधिकार रखनेवाले अधिकारी तथा पुस्तक के प्रकाशक की पूर्वानुमति लेना अनिवार्य है।

Samasyaon ko Sulazaane ka Naksha

18 Samadhanon ki chhoti gita

विषय सूची

प्रस्तावना	जीवन में समस्याओं की भूमिका	5
भाग-1	समस्याओं का मूल उद्देश्य	7
भाग-2	समस्याओं को देखने की कला	10
भाग-3	समस्या से मुक्ति की संक्षिप्त गीता	17
	पहला उपाय : धैर्य बढ़ाएँ	18
	दूसरा उपाय : सही जानकारी लें	20
	तीसरा उपाय : मूल कारण का विश्लेषण करें	21
	चौथा उपाय : पहले कुछ दिन कड़ी मेहनत लें	24
	पाँचवाँ उपाय : दृढ़ता	25
	छठवाँ उपाय : अपने लक्ष्य को याद करें	26
	सातवाँ उपाय : अपना दृष्टिकोण बदलें	27
	आठवाँ उपाय : अनपेक्षित की पहचान हो	30

नौवाँ उपाय	: विश्वास बीज बोएँ	32
दसवाँ उपाय	: स्व-संवाद बदलें	33
ग्यारहवाँ उपाय	: दुःखद घटनाओं को हँसी में बदलें	36
बारहवाँ उपाय	: भविष्य की रुकावटों को आज ही पहचानें	36
तेरहवाँ उपाय	: धन्यवाद देकर अपनी 'हॅपी हैट' पहने रखें	40
चौदहवाँ उपाय	: 'बैकअप' मजबूत करें	42
पंद्रहवाँ उपाय	: प्रार्थना और ध्यान	46
सोलहवाँ उपाय	: विश्वास और भक्ति बढ़ाएँ	49
सत्रहवाँ उपाय	: डी. एस. मास्टर बनें	52
अठारहवाँ उपाय	: समर्पण	54
अंतिम भाग	आपकी समस्याओं को विलीन करने का श्रेष्ठ उपाय	58

तेज़ज्ञान की जानकारी

64-72

प्रस्तावना

जीवन में समस्याओं की भूमिका

जीवन की राह पर अकसर इंसान को कई समस्याओं का सामना करना पड़ता है। किसी को अपने बच्चों से संबंधित समस्याएँ सताती हैं तो किसी को अपने भाई-बहन या माता-पिता से संबंधित समस्याएँ होती हैं। कर्मचारियों को अपने ऑफिस के वातावरण, सह-कर्मचारी या बॉस से संबंधित समस्याएँ होती हैं। व्यापारियों की समस्याएँ अलग होती हैं तो गृहिणियों की अलग। बच्चों की समस्याएँ अलग होती है तो बड़ों की अलग। हर इंसान की अपनी समस्याएँ होती हैं- अविवाहितों को सही जीवन-साथी चुनना होता है। जहाँ विवाहित दम्पति अपनी शादी को बचाए रखने की कोशिश में समस्याओं का सामना करते हैं, वहीं बूढ़े-बुजुर्ग अपनी सेहत से संबंधित समस्याओं से बचने की कोशिश में लगे रहते हैं। ऐसे में यह कहना गलत नहीं होगा कि इंसान के जीवन में हो रहे हरेक छोटे-मोटे बदलाव के साथ उसकी समस्याएँ भी बदलती हैं।

अगर इंसान को इन समस्याओं का सामना करना न आता हो तो वह मानसिक तनाव, डर, चिंता आदि से घिर जाता है। किसी इंसान को जीवन में आर्थिक स्तर पर समस्याएँ आती हैं तो किसी को अपने रिश्ते में मधुरता बनाए रखने में समस्याएँ आती हैं। कोई सुख-शांति की खोज में लगा हुआ है तो कोई ध्यान, अध्यात्म, जप-तप, स्व-विकास पर आधारित पुस्तकों आदि में अपनी समस्याओं का समाधान खोज रहा है।

समस्याओं के इस पहाड़ का सामना करते हुए इंसान यह समझ बैठता है कि मानो, समस्याएँ उसके जीवन का ही एक हिस्सा हों। समस्या से मुक्त जीवन की कल्पना कर पाना भी उसे एक समस्या ही प्रतीत होती है। इंसान के इसी विश्वास के कारण उसके जीवन में समस्याएँ घटने के बजाय बढ़ती जाती हैं। एक समस्या से छुटकारा पाते ही दूसरी समस्या सामने आकर खड़ी हो जाती है। उसके लिए जीवन साँप-सीढ़ी का एक खेल बन जाता है। अगर साँप के मुँह से बच गए तो सीढ़ी चढ़ पाने का तनाव है, अगर सीढ़ी चढ़ गए तो आगे आनेवाले साँप से बचने की चिंता है।

एक विद्यार्थी का जीवन भी समस्याओं से संबंधित इसी तनाव और चिंता से घिरा हुआ है। पहले उसे अच्छे गुण लाने हैं। अगर अच्छे गुण नहीं आते तो अच्छे गुण मिलने तक कड़ी मेहनत करनी है। पढ़ाई खत्म हो जाए तो अच्छी नौकरी ढूँढ़नी है। नौकरी मिलने पर प्रमोशन पाने की दौड़ में वह शामिल होता है। इस तरह एक के बाद एक समस्याएँ जन्म लेती रहती हैं।

इन असंख्य समस्याओं का सामना करते हुए कुछ लोग भगवान को याद करके प्रार्थनाओं में इन समस्याओं से मुक्ति की गुहार लगाते हैं। प्रार्थना का जवाब मिल सकता है, अगर आपसे कहा जाए कि आपकी समस्याओं का केवल समाधान ही नहीं बल्कि इन समस्याओं को विलीन करने का तरीका भी है तो आपके मन में कौन से भाव उठेंगे? समस्याओं को विलीन कर पाना मुश्किल ही नहीं नामुमकिन सा लग रहा है? तो यकीन मानिए, यह किताब वह जादू की छड़ी है जो आपको एक नया नज़रिया देगी - समस्याओं को चुनौती और सुवर्ण-संधी के रूप में देख पाने का नज़रिया। इस किताब द्वारा आप जानेंगे कि समस्याएँ जीवन में आने के कारण क्या हैं? आपके विकास में उनका उद्देश्य क्या है? और इन समस्याओं से मुक्ति का स्थायी उपाय क्या है?

भाग १

समस्याओं का मूल उद्देश्य

'सामनेवाले के जीवन में भी समस्याएँ होंगी मगर वह मेरे जितना दुःखी नहीं हो सकता... मेरे जीवन में उससे अधिक तकलीफें हैं!' जब किसी इंसान पर समस्याओं का पहाड़ टूट पड़ता है तो उसे यह गलतफहमी हो जाती है कि दुनिया की सारी समस्याओं का सामना बस उसे ही करना पड़ता है।

इस गलत धारणा को आज ही मन से निकाल दें। हर इंसान को जीवन में कभी न कभी मुश्किलों का सामना करना ही पड़ता है। अगर हरेक के जीवन में कठिनाइयों भरा दौर आता है तो अवश्य इसके पीछे कोई न कोई उद्देश्य ज़रूर होगा।

असल में, पृथ्वी पर जन्म लेनेवाला हर इंसान कोई न कोई महान उद्देश्य साथ लेकर ही जन्म लेता है। जीवन में घट रही विविध घटनाओं द्वारा उसे यह जानना होता है कि उसका उद्देश्य क्या है? इस उद्देश्य को साधते हुए प्रेम, आनंद, शांति, भरपूरता का भाव, साहस, विश्वास, संवाद-कौशल्य, रचनात्मकता, संवेदनशीलता जैसे महत्वपूर्ण गुणों की अभिव्यक्ति हरेक को करनी है। ऐसा होने पर ही इंसान पूरी तरह से खिलकर-खुलकर जीवन जी सकता है।

इंसान के साथ घट रही कुछ नकारात्मक घटनाएँ तो उसी की प्रार्थना का फल होती हैं... जैसे- विकास की प्रार्थना, स्वयं की क्षमता जानने की प्रार्थना। उदाहरण के तौर पर अगर आप चाहते हैं कि कम समय में बड़ी सफलताएँ हासिल हों तो जाहिर है कि आपको कई मुश्किलों का सामना करना पड़ेगा, कुछ

चुनौतियाँ जीतनी होंगी तभी आप बड़ी सफलताओं का उपभोग लेने के काबिल बनेंगे। लेकिन अगर आप आनेवाली मुश्किलों को समस्या करके देखेंगे तो सफलता पाने की राह पर आपका सामना उमंग और उत्साह से नहीं बल्कि डर, चिंता और तनाव से होगा।

असलियत में समस्याएँ आप ही की प्रार्थनाओं के फल स्वरूप आती हैं। उपरोक्त उदाहरण देखें तो बड़ी से बड़ी सफलताएँ कम से कम समय में पाने की आपकी प्रार्थना पूर्ण करने में ही आनेवाली समस्याएँ मददगार साबित होती हैं। ऐसी सफलता पाने के लिए कुछ खास अनुभव पाना आवश्यक होता है, जो ये समस्याएँ आपको दे सकती हैं। हर मुश्किल, हर चुनौती आपको कुछ न कुछ आवश्यक सिखाने की क्षमता रखती है, आपका काम है केवल सीखना। यह समझ आपको समस्याओं का सामना करते हुए खुश रहने की ताकत देगी।

यकीन मानें, हर नकारात्मक घटना आपके गुणों में अधिक निखार लाने के लिए आती है। बस हमारी मान्यताओं की वजह से हम इन घटनाओं को समस्या करके देखते हैं। कभी-कभी परिपक्वता की कमी की वजह से भी इंसान सीधी-सादी घटनाओं को भी समस्या के रूप में देखता है। जिससे मन सिकुड़ जाता है और अपने आप तनाव मन पर हावी होने लगता है। जिसके परिणामस्वरूप इंसान समस्या के समाधान को देख पाने से चूक जाता है। समाधान न मिलने पर तनाव के साथ-साथ उसे निराशा भी घेर लेती है। अतः समस्या घटने के बजाय और अधिक बढ़ जाती है। ऐसे में इंसान लाचार और मजबूर महसूस करता है।

इस तरह इंसान को समस्याएँ सिर पर टूट पड़ने से झटका लगता है और वह अपनी बेहोशी से जाग जाता है। अगर हम अपना नज़रिया बदलें तो हम समझ पाएँगे कि ये समस्याएँ हमें नीचा दिखाने के लिए या परेशान करने के लिए नहीं बल्कि हमारा चरित्र अधिक बलवान करने, हमारी मानसिक प्रगति करने के लिए आती हैं। ठीक उसी तरह जिस तरह सोना तपने पर अधिक शुद्धता पाता है। समस्याएँ हमें मनन करने का मौका प्रदान करती हैं। साथ ही इंसान नई कुशलताएँ सीखकर, आवश्यक ज्ञान प्राप्त करके, आध्यात्मिक समझ पाकर समस्याओं का समाधान पाता है।

समस्याओं के आने का एक और फायदा है- वे हमें सही रास्ते पर ले आती हैं। कई बार समस्याओं के आने पर इंसान को यह एहसास होता है कि

'अपने लक्ष्य तक पहुँचने की जो राह हमने चुनी थी, वह गलत थी...। दरअसल हमारा लक्ष्य किसी और राह से पाया जाना चाहिए!' फिर उसे अपने कार्य-पद्धति में बदलाव लाने की आवश्यकता महसूस होती है। अर्थात आपके साथ होनेवाली हर नकारात्मक घटना असल में समस्या के मुखौटे के पीछे छिपी एक सुवर्ण संधी होती है। अगर इंसान इस सुवर्ण संधी को पकड़ पाया तो अंत में धन्यवाद ही देता है कि 'अच्छा हुआ यह समस्या आई वरना तो हम जीवन में आगे बढ़ ही नहीं पाते... वहीं के वहीं रह जाते!' मगर समस्या के असली रूप को देख पाने से बेहतर है, हम पहले ही सजग हो जाएँ और नकारात्मक घटनाओं को देखने का अपना नज़रिया बदल दें।

आइए, इसे एक उदाहरण द्वारा समझें-

एक मूर्तिकार पत्थर की मूर्ति बनाने का निर्णय लेता है। पहले वह कागज़ पर मूर्ति का एक प्रारूप बना लेता है, फिर मूर्ति के लिए योग्य पत्थर ढूँढ़ता है। पत्थर मिलने पर वह छिन्नी-हथौड़े से पत्थर पर वार करना शुरू करता है। ऐसा करके वह पत्थर का अतिरिक्त भाग निकाल देता है। एक समय के बाद पत्थर को सुनिश्चित आकार आता है और अब मूर्तिकार दूसरे अवजारों का इस्तेमाल करके मूर्ति में बारीकियाँ भरने लगता है। फिर मूर्ति को अंतिम आकार देने के लिए मूर्तिकार को मूर्ति पॉलिश भी करनी पड़ती है। इस तरह कड़ी मेहनत के पश्चात एक सुंदर मूर्ति का जन्म होता है।

प्रस्तुत उदाहरण में पत्थर के साथ जो कार्य मूर्तिकार करता है, वही कार्य समस्याएँ हमारे साथ करती हैं। जिस तरह मूर्तिकार एक साधारण से पत्थर को सुंदर मूर्ति बना देता है, ठीक उसी तरह समस्याएँ भी हमारे गुणों को तराशकर हमें सफलता पाने योग्य बनाती हैं। जीवन में आनेवाली हर कठिनाई मानो हथौड़े से वार करके हमें सुधारने ही आती है। समस्याओं का मूल उद्देश्य यही है। इसे समझते हुए हमें समस्याओं को देखने का अपना नज़रिया बदलना होगा। आज हम उन्हें सही तरीके से देखने की कला सीखनेवाले हैं। इसलिए सबसे पहले, समस्याओं को समस्या करके देखना छोड़ दें, इन्हें एक चुनौती या मौके के रूप में देखना शुरू करें। तब हर घटना आपके विकास के लिए निमित्त बनेगी। पहले जो घटना आपके चिंता का कारण बनती थी, अब वही आपके प्रगति का मार्ग प्रशस्त करेगी। अंततः एक समय तक सभी समस्याएँ आपके विकास का कारण बनेंगी और एक समय के बाद स्वतः विलीन होने लगेंगी।

भाग २

समस्याओं को देखने की कला

समस्याओं का उद्देश्य समझने के बाद अब हमें उन्हें देखने की कला आत्मसात करनी होगी ताकि राह में आनेवाली कठिनाइयों को देखने का नज़रिया बदला जा सके। कई बार केवल समस्या को देखने का नज़रिया बदलने से ही उनका समाधान आसानी से मिल सकता है और दुःखद प्रतीत होनेवाली समस्या विकास की सीढ़ी बन सकती है। यही बदला हुआ नज़रिया किसी भी समस्या में छिपे हीरों को उभारकर हमारे समक्ष ला सकता है। समस्याओं को देखने की कला का उपयोग जितना ज़्यादा होगा, उतने ही ज़्यादा हीरे हमारे समक्ष आएँगे। जिससे समस्याएँ अपने आप सुलझती जाएँगी।

ये हीरे आखिर कौन से हैं? अगर हर समस्या के साथ इंसान को कम से कम एक भी हीरा मिल गया तो ज़रा गौर करें, वह कितना बड़ा धनवान बन सकता है? आइए, इन हीरों को जानने और समझने की कोशिश करें।

हर समस्या में पाँच हीरे पाए जा सकते हैं– समाधान, उपहार, सीढ़ी, सीख और चुनौती।

पहला हीरा - समाधान

एक राज्य में पहली बार किसी के यहाँ चोरी हुई। राजा ने वजीर से चोर

को ढूँढ़ने की जिम्मेदारी सौंपी। वजीर 'ठीक है' कहकर, वहाँ गया जहाँ चोरी हुई थी। उसने जाँच की और निर्णय सुनाया कि 'इस घर के दरवाज़े को पचास हंटर मारे जाएँ।' यह खबर राज्य के चारों ओर फैल गई। सभी को आश्चर्य हुआ कि दरवाज़े को हंटर मारने से क्या होगा? फिर उस दरवाज़े पर हंटर मारे गए। कुछ समय बाद वजीर ने सिपाहियों से कहा, 'रुको, अब मैं दरवाज़े से पूछता हूँ, देखता हूँ कि वह सही-सही बताता है या नहीं।' इसके बाद वजीर ने दरवाज़े पर अपने कान लगाए और कहा, 'इस दरवाज़े ने मुझे सच-सच बता दिया है कि चोर कौन है? चोर वह है, जिसके बालों में मकड़ी का जाला लगा हुआ है।' इतना सुनते ही एक इंसान ने अपने सिर पर अचानक हाथ रखा और उसे तुरंत पकड़ लिया गया। उसके घर की तलाशी ली गई और चोरी का सामान बरामद हो गया। असल में वजीर ने तो दरवाज़े को पीटने का नाटक किया था।

इस कहानी से यह बोध प्राप्त होता है कि समस्या का समाधान समस्या से ही निकलता है।

इंसान को समस्या देने से पहले ही उसका समाधान दिया जाता है। समस्या का समाधान स्वतः समस्या में ही छिपा होता है। अर्थात किसी रोग का इलाज़ उस रोग में ही पाया जा सकता है, किसी सवाल का जवाब उसी सवाल में छिपा होता है। आइए, इसे अन्य उदाहरणों द्वारा समझते हैं।

हीरा दुनिया के सबसे कठिन पदार्थों में से एक है। एक ज़माने में हीरे को काटना एक समस्या ही थी। लेकिन इस समस्या का समाधान स्वतः हीरे से ही प्राप्त हुआ। हीरे को काटने के लिए हीरे के ही धूल समान टुकड़ों का उपयोग कर एक 'आरा' बनाया गया। हीरे के धूल से बने इसी आरे का उपयोग आज भी हीरे काटने के लिए होता है। आपने यह भी सुना होगा कि ज़हर का प्रतिकारक ज़हर से ही बनाया जाता है यानी अगर आपको बिच्छू काटे तो उसके ज़हर से आपका बचाव करने का तरीका स्वयं उस बिच्छू में ही पाया जाता है। इसीलिए यह कहावत बनी होगी कि 'ज़हर, ज़हर को मारता है... लोहा, लोहे को काटता है।'

देखा आपने ये उपाय इतने सरल हैं कि इसके लिए बहुत उच्च ज्ञान की नहीं बल्कि सजगता की आवश्यकता है। इसीलिए कभी-कभी बड़े से बड़े वैज्ञानिक एक आसान सा समाधान देखने से चूक जाते हैं लेकिन एक सामान्य इंसान असामान्य आविष्कार कर दिखाता है।

अगर आपने कभी असफलता का सामना किया हो तो आपके मन में यह सवाल उठ सकता है कि समस्या में ही समाधान कैसे प्राप्त होगा? मगर यही हकीकत है... सभी समस्याओं का समाधान स्वतः समस्या में ही छिपा होता है। कई बार विद्यार्थी परीक्षा में आए सवाल ध्यान देकर पढ़ते नहीं हैं और गलत जवाब लिख बैठते हैं। फिर परीक्षा का रिज़ल्ट आने पर उन्हें यह विचार सताता है कि आखिर गलती हुई कहाँ?

अतः जब भी आपका सामना किसी समस्या से हो तो अपनी सजगता और चेतना बढ़ाएँ। समस्या पर हरेक पहलू से गौर करें और यकीन मानें कि आपकी समस्या का समाधान उसी में ही छिपा हुआ है। शुरुआती तौर पर ऐसा करना मूर्खतापूर्ण लग सकता है मगर कोशिश करते रहें। देखते ही देखते आपका इस बात पर विश्वास जगने लगेगा और अगली समस्या आते ही आपको समाधान भी नज़र आने लगेगा।

दूसरा हीरा- उपहार

हर समस्या आते हुए हमारे लिए एक उपहार साथ लेकर आती है। केवल बेहोशी की वजह से इंसान उस उपहार को देखे बिना केवल समस्या से होनेवाले नुकसानों पर ही गौर करते रहता है। परीक्षा में अनुत्तीर्ण होने पर, ऑफिस में प्रमोशन न मिलने पर या नौकरी छूट जाने पर इंसान चिंता और तनाव का शिकार बन जाता है। अगर भूतकाल की इन घटनाओं पर मनन करें तो आप पकड़ पाएँगे कि हम इन घटनाओं को लेकर बिना वजह परेशान हो रहे थे। असल में ये घटनाएँ हमारे लिए उपहार लेकर आई थीं और वे बड़ी सुंदरता से घट रही थीं लेकिन हम बेवजह ही चिंतित हो रहे थे।

इस समझ के पश्चात हमें समस्या के साथ आए उपहार को पहचानना सीखना होगा। जिन लोगों के जीवन में कभी समस्याएँ नहीं आतीं, वे न ही अपने गुणों को पूरी तरह आजमाते हैं और न ही उनमें अधिक निखार ला सकते हैं। समस्याओं के आने पर ही इंसान को सहनशीलता, साहस, निरंतरता, वचनबद्धता, विश्वास, समर्पण और बलवान चरित्र जैसे गुण उपहार में मिलते हैं।

जब आपका सामना किसी समस्या से हो तो खुद से पूछें, 'यह समस्या मेरे लिए कौन सा उपहार लेकर आई है?' हर समस्या में उपहार होता ही है। बस,

आपको समस्या के उद्देश्य को देखने और समझने की कला आ जाए। समस्या के मूल कारण पर खोज करने से समस्याओं को विलीन करना आसान होगा।

तीसरा हीरा- सीढ़ी

हर समस्या एक सीढ़ी की भाँति है जो आपको आपके लक्ष्य की ओर ले जाती है। इसे स्विमिंग पूल पर लगे डाइविंग बोर्ड के उदाहरण से समझें। इंसान को जितनी बड़ी छलाँग लगानी होती है, उतनी ही ऊँचाई पर डाइविंग बोर्ड लगाया जाता है। अगर इंसान को अपना लक्ष्य (ऊँचाई से छलाँग लगा पाना) याद है तो उसे डाइविंग बोर्ड की ऊँचाई समस्या नहीं बल्कि एक सीढ़ी लगेगी, जिसके आधार पर वह ऊँची छलाँग लगाने का अपना लक्ष्य पा सकेगा। साथ ही, अगर डाइविंग बोर्ड ऊँचाई पर नहीं होगा तो साहस और विश्वास जैसे गुणों की अभिव्यक्ति होगी ही नहीं। अगर अपने आपको आज़माना है, परखना है तो समस्या का सामना करना अनिवार्य है।

हर समस्या को इसी तरह सीढ़ी के रूप में और अपने गुणों के अभिव्यक्ति के रूप में देखा जाए तो जो आनंद और संतुष्टि की अनुभूति होगी, वह साधारण घटनाओं में नहीं हो सकती। गाँव में अकसर यह देखा जाता है कि खेतों में काम करनेवाले बैल खाली समय में भी गोल-गोल घूमते रहते हैं, यह समझकर कि वे काम कर रहे हैं। इन्हीं की भाँति आज इंसान दिनभर कुछ-न-कुछ काम करते रहता है, यह समझकर कि वह सफलता की ओर बढ़ रहा है मगर हकीकत कुछ और ही बयान करती है।

इस बेहोशी और असजगता से हमें जगाने के लिए ही समस्याएँ आती हैं। समस्याएँ हमें यह सोचने पर मज़बूर कर देती हैं कि आज जो हम कर रहे हैं, क्या वह हमें अपने पृथ्वी लक्ष्य (मूल लक्ष्य) की ओर ले जा रहा है? या हम माया की अनावश्यक चीज़ों में ही अटके हुए हैं? इस मनन के पश्चात वापस सही राह पर आना सहज हो जाता है, गुणों की अभिव्यक्ति भी उच्चतम तरीके से हो पाती है।

जब भगवान श्री राम की वानर-सेना के समक्ष विशाल समुद्र एक समस्या के रूप में खड़ा रहा तो उन्होंने पूर्ण विश्वास और भक्ति के साथ राम नाम लिखे पत्थर समुद्र में फेंकें और समुद्र-रूपी समस्या पार कर गए। आप भी इसी तरह

अपने गुणों की अभिव्यक्ति करके, समस्या को सीढ़ी बना सकते हैं।

जब तक हमारी सारी तकलीफें दूर नहीं हो जातीं तब तक हमें इन तकलीफों को समस्या करके नहीं बल्कि आगे बढ़ने में मददगार साबित होनेवाली सीढ़ी के रूप में ही देखना चाहिए। इससे आप विकास मार्ग पर आसानी से आगे बढ़ सकते हैं। जब किसी घटना में तनाव महसूस हो तो उस घटना को समस्या के चश्मे से न देखते हुए सीढ़ी के रूप में देखें। मनन करें कि इस सीढ़ी के आधार पर मैं आगे कैसे बढ़ सकता हूँ और इससे मेरे लुप्त-सुप्त गुण कैसे उभरकर आ सकते हैं?

अगर आपको समस्या का मूल उद्देश्य याद है तो आप समस्या आने पर धन्यवाद ही देंगे। समस्या के आने पर आप कह पाएँगे, 'अच्छा हुआ, यह समस्या आई... वरना मैं अपनी बेहोशी, गलतफहमी और अनुमान में ही जीवन व्यतीत करता। अच्छा हुआ यह समस्या मुझे जगाने आई।' अतः आज के पश्चात अगर कोई भी घटना आपको सताए तो तुरंत मनन करें कि इस घटना को सीढ़ी कैसे बनाया जा सकता है।

यदि जीवन एक साँप-सीढ़ी के खेल की भाँति है तो अध्यात्म वह जादूई छड़ी है, जो साँप को भी सीढ़ी बनाने की ताकत रखता है। मनन करें, आपके जीवन में कौन-कौन से साँप हैं? क्या असफलता या समस्याएँ, साँप के रूप में आपको खुशी से दूर ले जा रहे हैं? इन साँपों को सीढ़ी कैसे बनाया जा सकता है?

चौथा हीरा - सीख

कोई भी समस्या शिकायत बनने नहीं बल्कि कुछ सिखाने आती है। हर असफलता के पीछे कोई न कोई संदेश छिपा हुआ है। जब भी समस्या आए तो खुद से पूछें, 'यह समस्या मेरे लिए कौन सी सीख लेकर आई है?'

अगर कोई इंसान आर्थिक समस्याओं का सामना कर रहा हो और वह खुद से पूछे, 'इस समस्या में मेरे लिए कौन सी सीख छिपी हुई है?' तो वह आर्थिक नियोजन और निवेश के बारे में अवश्य ही कुछ नया सीख पाएगा या यूँ कहें कि अगर एक समस्या को सुलझाने के दस तरीके उपलब्ध हैं तो उस इंसान को कम से कम एक तरीका तो अवश्य मिलेगा। वह अनावश्यक चीज़ों पर खर्च न करना और सही

जगह पर पैसों की बचत करना सीख जाएगा। साथ ही, उसे पैसों का आदर करने की भी आदत लगेगी। ऐसी आदतें उसे आर्थिक समस्याओं से बचाए रख सकती हैं।

अगर किसी का स्वास्थ्य ठीक नहीं रहता तो वह अपनी बीमारी से भी कुछ न कुछ सीख सकता है। अगर वह नियमित व्यायाम का महत्त्व सीख जाए तो ज़िंदगीभर स्वस्थ जीवन जीने का आनंद ले सकता है।

अगर समय पर कार्य पूरा न करने की वजह से कोई अपने ऑफिस के प्रोजेक्ट में असफल होता है तो वह अपने समय का नियोजन और सदुपयोग करना सीख सकता है। खुद को समय पर कार्य पूर्ण करने की आदत लगा सकता है और आगे आनेवाले हर प्रोजेक्ट में कामयाब हो सकता है।

कुछ लोग अपने रिश्तों में मधुरता बनाए रखने से चूक जाते हैं। वे हमेशा गलतफहमी का शिकार बनते हैं। उनकी भावनाओं को घर के बाकी सदस्य समझ ही नहीं पाते। इस समस्या से वह इंसान संवाद-कौशल्य और अपनी भावनाओं को सही शब्दों में बयान करने की कला सीख सकता है।

अगर कोई विद्यार्थी परीक्षा के एक दिन पहले पढ़ाई करने की वजह से परीक्षा में अनुत्तीर्ण होता है तो वह अपने कामों को कल पर न धकेलते हुए, आज ही पूरा करने की आदत खुद को लगा सकता है। इससे वह केवल पाठशाला की परीक्षा में ही नहीं बल्कि जीवन की हर परीक्षा में बिना तनाव और डर के सफल हो पाएगा।

अगर कोई इंसान बार-बार असफल होने की वजह से निराशा का शिकार बना है तो वह ध्यान-साधना सीखकर इस निराशा से मुक्ति पा सकता है। कुदरत के प्रति पूर्ण समर्पण भाव और हर घटना एवं गलती को स्वीकार करने के साथ वह अपराध-बोध से भी मुक्त हो सकता है। उपरोक्त चीज़ें सीखकर वह शांतिमय जीवन जी सकता है।

इस तरह हर इंसान मरते दम तक कुछ न कुछ सीख सकता है, इसमें कोई संदेह नहीं है।

पाँचवाँ हीरा- चुनौती

हर समस्या में एक उपहार के साथ एक चुनौती भी छिपी होती है। समस्याएँ हमें, हमारे आराम-सीमा से बाहर निकलकर, अपनी आराम-सीमाएँ तोड़ने की

चुनौती देती हैं। कई बार किसी समस्या का समाधान हमें एक दायरे में रहकर खोजना पड़ता है। तब खुद से पूछें, 'इन दायरों में रहकर समाधान खोजने के लिए मुझे मेरी कौन सी आराम-सीमाएँ तोड़नी होंगी? इस असंभव कार्य को संभव कैसे किया जा सकता है?' इन सवालों से आप सही दिशा में मनन कर पाएँगे और आपके लिए समस्या का समाधान खोजना आसान होगा। इससे आप समस्या के साथ आई चुनौतियाँ आसानी से स्वीकार कर, अपनी आराम-सीमाएँ तोड़ने के लिए तैयार होंगे।

समस्या के साथ आनेवाली चुनौती का उपयोग किस तरह होता है, यह समझने के लिए कैरम बोर्ड पर गौर करें। इस खेल में मज़ा है क्योंकि एक दायरे में रहकर ही यह खेल खेलना होता है। केवल कैरम ही नहीं बल्कि हर खेल का मज़ा तब है, जब उसमें नियमों का पालन करना होता है। इसी तरह इंसान को भी एक दायरे में रहकर ही समस्या का समाधान खोजना है।

ये दायरे इंसान को जकड़ने के लिए या उसकी मुश्किलें बढ़ाने के लिए नहीं होते बल्कि बेड़ियों में भी आज़ादी की अनुभूति करवाने के लिए होते हैं। इस दुनिया में कई विकलांग लोग पाए जाते हैं। किसी की आँखें नहीं होतीं, कोई सुन नहीं सकता, कोई बोल नहीं सकता तो कोई चल नहीं सकता... मगर वे भी जीवन जीने का आनंद ले पाते हैं। अगर आपने कभी वीडियो गेम्स या मोबाईल पर गेम्स खेले होंगे तो आप जानते हैं कि हर अगली लेवल आने के साथ, कठिनाइयाँ भी अधिक मात्रा में आती हैं। अगर आपने इस खेल में मास्टरी पा ली तो आपको जीतने से कोई नहीं रोक सकता। ऐसे में यह कहना गलत नहीं होगा कि सभी विकलांग, सामान्य लोगों की तुलना में जीवन के हायर लेवल पर रोमांचक खेल खेल रहे हैं। अगर हर विकलांग इस नज़रिए से अपने शरीर को देखेगा तो उसे अपने शरीर की समस्याएँ तकलीफ नहीं देंगीं बल्कि ज़िंदगी नामक खेल को अधिक मज़ेदार बनाएँगी।

विकलांगों को देखकर सामान्य इंसान कौन सी चुनौती ले सकता है? शरीर से स्वस्थ इंसान यह चुनौती ले कि वह शरीर की पीड़ाओं से ग्रस्त बाकी लोगों को मुक्त करके, स्वस्थ बनने में मदद करेगा। ऐसा करने पर ही वह सच्चा खिलाड़ी कहलाएगा। फिर वह अपने शरीर के लिए ईश्वर को रोज़ धन्यवाद देगा।

जब आप हर समस्या को एक चुनौती के रूप में देखकर अपनी ज़िम्मेदारी को समझेंगे तब जीवन का लक्ष्य खुशी-खुशी पा सकेंगे। समस्या के आने से चिंतित या निराश नहीं होंगे। इतना ही नहीं बल्कि इस भाग में बताए गए पाँच हीरों को खोज पाने के बाद आपको कोई भी समस्या, समस्या नहीं लगेगी।

भाग ३
समस्या से मुक्ति की संक्षिप्त गीता

भारत की महान पौराणिक कथाओं में से एक कथा है- महाभारत। इस कथा में भगवान श्रीकृष्ण ने अठारह अध्यायों में अर्जुन को उच्चतम ज्ञान प्रदान किया था। जिसके आधार पर ही अर्जुन अपराधबोध से मुक्त होकर, महाभारत का महायुद्ध जीत सका। इस पुस्तक के बाकी हिस्सों को आप समस्या से मुक्ति पाने की संक्षिप्त गीता के रूप में पढ़ सकते हैं। अब आपको समस्या से मुक्ति के अठारह उपाय मिलेंगे। जब भी कोई समस्या आए तो इनका पठन कर, अपने लिए योग्य उपाय चुनकर, अपनी समस्या का समाधान खोज लें।

इन अठारह उपायों से आपकी समझ की गहराई बढ़ती जाएगी। अंत में आपको केवल समस्या का समाधान ही नहीं मिलेगा बल्कि आप समस्या को विलीन होते हुए देखेंगे। इन उपायों के उपयोग से कोई समस्या आपके जीवन में दोहराई भी नहीं जाएगी। इतना ही नहीं बल्कि आप आगे आनेवाली समस्याओं का सामना करने के लिए तैयार हो जाएँगे और उन्हें बेहतर तरीके से सुलझा भी सकेंगे।

शुरुआती तौर पर इन उपायों को क्रम से पढ़ें। फिर इनमें से कोई उपाय अपने लिए चुन लें।

पहला उपाय- धैर्य बढ़ाएँ

किसी भी समस्या का समाधान पाने के लिए आपका मन शांत होना आवश्यक है। अगर मन अशांत है, लगातार उसमें विचार चल रहे हैं तो आप समस्या से मिलनेवाले एक भी हीरे (समाधान, उपहार, सीढ़ी, सीख और चुनौती) को नहीं पा सकेंगे। मन अशांत होने की वजह से इंसान मानो अंधा हो जाता है और समस्या को सुलझाना उसके लिए मुश्किल हो जाता है। मन की ऐसी अवस्था में समाधान ढूँढ़ने की कोशिश, आसान उपाय को भी कठिन बना देती है। समस्या का समाधान सामने होने के बावजूद इंसान उसे देख नहीं पाता।

ऐसे समय पर सबसे पहले इस परिस्थिति को स्वीकार करें। स्वीकार करने से मन शांत होगा और कुछ हद तक तनाव हट जाएगा। इससे समस्या को सही तरीके से देख पाना आसान होगा। इस समय कुछ न करें, बस शांत बैठे रहें। इससे मन में उठा तनाव और चिंता के विचारों का तूफान धीरे-धीरे थमता जाएगा। आप फिर से देख पाएँगे और समाधान आपके समक्ष आते जाएगा। जिस तरह रात के बाद दिन आता ही है, उसी तरह समस्या के बाद समाधान आता ही है। आइए, इस बात को समझने के लिए एक उदाहरण पर गौर करें।

जब कोई जहाज़ तूफान में फँस जाता है तो जहाज़ का कप्तान लंगर (ऐंकर) पानी में छोड़ देता है। ऐंकर के समुद्र-तल में फँसने के बाद जहाज़ एक जगह रुक जाता है। जहाज़ को उस जगह पर तब तक रुकाया जाता है, जब तक तूफान थम नहीं जाता। यह समय होता है केवल रुकने का... शांत रहने का। अगर कप्तान तूफान में भी जहाज़ चलाने की कोशिश करे तो निश्चित ही जहाज़ डूब जाएगा।

इसी तरह समस्या आने पर यदि मन में नकारात्मक विचारों, डर, चिंता या तनाव का तूफान उठे, जो आपकी 'उम्मीद की नैया' को डूबोने की कोशिश करे तो धैर्य का चुनाव कर, शांत रहें और तूफान थमने की राह देखें। इस समय केवल अपने विचारों को देखें। किस तरह के विचार उठ रहे हैं, कौन से विचार सबसे ज़्यादा तकलीफ देते हैं, किन विचारों के उठने की वजह से तनाव से मुक्ति

पाने का एहसास होता है? आदि विचारों को साक्षी भाव से देखने पर इंसान के मन में फिर से उम्मीद जगने लगती है।

धैर्य का जन्म आपके विश्वास से होता है। 'फलाँ समस्या का समाधान ज़रूर मिलेगा,' यह विश्वास ही आपको धैर्यवान बनाता है। अतः ऐसे समय समस्या के विचारों को छोड़ देना ही सही है। वरना इंसान अकसर चिंता, तनाव या क्रोध में गलत निर्णय ले बैठता है, जिससे उसका ही नुकसान होता है। भले ही यह तुरंत नज़र न आए लेकिन उस निर्णय के परिणाम आने पर इंसान को पछतावा ही होता है।

इस कदम में धैर्य के साथ-साथ इंसान को अलगाव की भावना भी जगानी चाहिए। इस बात को समझने के लिए मनन करें कि अगर आपका मित्र किसी समस्या का सामना कर रहा हो तो आपके मन में उसके प्रति क्या भाव उठते हैं? उसकी समस्या का समाधान आप कितनी आसानी से दे पाते हैं? ऐसा इसलिए होता है क्योंकि आप उस समस्या से जुड़े नहीं हैं। इसलिए जब शांत बैठे हों, धैर्यवान हों तब खुद को बताएँ, 'यह समस्या मेरे साथ नहीं बल्कि मेरे मित्र के साथ है।' इस तरह अपनी समस्या से अलग होने पर आप आसानी से उसका समाधान ढूँढ़ पाएँगे। इसके पश्चात आपकी समस्या का समाधान आपके हृदय से निकलेगा। साथ ही, समस्या से खुद को अलग करने के बाद समस्या की ताकत खत्म होने लगती है। आपकी समस्या ज़िंदा ही इसलिए है कि आप अपना सारा ध्यान उस पर लगाए हुए हैं। समस्या से ध्यान हटते ही उसकी ताकत खत्म हो जाती है। फिर समस्या, समस्या न रहकर एक चुनौती बन जाती है।

इनके अलावा आप आँखें बंद रखकर स्वयं की पूछताछ भी कर सकते हैं। जैसे 'यह समस्या असल में किसके साथ हो रही है? किसे समाधान खोजना है? समस्या की वजह से आए तनाव का असर शरीर पर कहाँ महसूस हो रहा है?' इत्यादि। ऐसे ही सवाल पूछें जो आपको तनाव के विचारों से मुक्त करें, न कि आपके तनाव को अधिक बढ़ाएँ।

इसी के साथ आप 'शवासन' भी कर सकते हैं। इसमें आपको पीठ के बल लेटकर, अपने शरीर को ढीला छोड़ना है, जैसे एक मृत शरीर पड़ा रहता है। अगर इससे तनाव कम न हो तो स्ट्रेचिंग करें या कोई ज़ोरदार व्यायाम भी कर सकते

हैं। ठंढा पानी पी सकते हैं। अगर आपको चित्रकला पसंद हो तो कोई चित्र निकालने से भी तनाव के विचार बंद हो सकते हैं।

उपरोक्त उपायों में से आप किसी भी उपाय का इस्तेमाल कर सकते हैं। महत्वपूर्ण है कि आप समस्या के विचारों से मुक्ति पाकर, अपना धैर्य बढ़ा सकें। धैर्य का जादू देखने के लिए भी आपको धैर्यवान बनना पड़ेगा।

दूसरा उपाय - सही जानकारी लें

आज के 'कैशलेस' ज़माने में अगर आपको नेट-बैंकिंग न आती हो तो आप मुसीबत में फँस सकते हैं। अगर आप चाहते हैं कि इस तरह की किसी मुसीबत का सामना न करना पड़े तो आपको बदलते ज़माने के साथ बदलना होगा। नए उपकरणों का इस्तेमाल और व्यवहार करने के नए तरीके सीखने होंगे।

इसी तरह अगर आप किसी विदेशी शहर में जाएँ और आपको वहाँ की व्यवस्था-प्रणाली (सिस्टम) पता न हो तो आपको पग-पग पर किसी न किसी की मदद लेनी पड़ेगी। इसके विपरीत अगर आप वहाँ की सभी व्यवस्थाओं की जानकारी पहले ही लें तो आप आराम से उस शहर का आनंद उठा सकते हैं। जिस उद्देश्य से आप वहाँ गए हैं, वह पूरा कर सकते हैं।

यही बात आपके ऑफिस में भी लागू होती है। जब आपको अपने ऑफिस में कोई नया कार्य सौंपा जाता है तब पूरी और सही जानकारी हासिल करके आप उस कार्य में उच्चतम अभिव्यक्ति कर सकते हैं। बिना जानकारी के किया हुआ कोई भी काम कभी न कभी मुसीबत के रूप में आकर आपके समक्ष खड़ा हो सकता है।

कई विद्यार्थी उच्च शिक्षा पाने के लिए तरह-तरह की जानकरी हासिल करने की कोशिश में लगे रहते हैं। हो सकता है, कभी किसी मोड़ पर उन्हें ऐसा लगे कि इतनी जानकारी हासिल करने के बावजूद भी उनकी प्रगति नहीं हो रही है। ऐसे समय खुद को याद दिलाएँ कि अभी पूरी जानकारी प्राप्त करनी बाकी है।

कुछ समस्याओं का जन्म ही जानकारी के अभाव में होता है। अगर आपके पास आवश्यक जानकारी न हो तो हो सकता है आपको समस्याओं का सामना करना पड़े। लेकिन जब जानकारी मिल जाती है तो शुरुआती तौर पर कठिन लगनेवाला कार्य भी आसान लगता है और हमें अपनी ही मूर्खता पर हँसी आती है। समस्या के लिए सही जानकारी मिलना मानो, अंधेरे के लिए उजाले जैसा है। एक के होने पर दूसरे का अस्तित्त्व समाप्त हो जाता है यानी जैसे उजाला होते ही अंधेरा समाप्त हो जाता है, वैसे ही सही जानकारी के मिलते ही समस्या समाप्त हो जाती है।

सही जानकारी आपको सामनेवाले से भी मिल सकती है या खोजनी भी पड़ सकती है। सामनेवाले से जानकारी हासिल करते हुए आपको धैर्यवान रहना होगा। हो सकता है आपको उस इंसान से मिलने, एक से अधिक बार जाना पड़े। जानकारी हासिल करने की पूरी प्रक्रिया में मन बड़बड़ करेगा, आपको जानकारी हासिल करने से रोकने की कोशिश करेगा। मगर ऐसे समय अपने मन की न मानकर, समस्या सुलझाने के लिए आवश्यक जानकारी हासिल करते रहें और अपने मन को धैर्यवान रहने का प्रशिक्षण देते रहें। यकीन मानिए, आपकी कई समस्याएँ केवल सही जानकारी मिलने से ही खत्म होंगी।

तीसरा उपाय - मूल कारण का विश्लेषण करें

कुछ समस्याओं को सुलझाने के लिए आपको एक डॉक्टर की तरह समस्या के जड़ तक जाना पड़ सकता है। कई बार डॉक्टर बीमारी का मूल कारण खोज निकालते हैं ताकि योग्य दवाई दी जा सके। उदाहरण के तौर पर अगर आपको जुकाम हो जाए तो डॉक्टर पहले यह पता लगाने की कोशिश करेंगे कि आपको जुकाम ठंढी हवा से हुआ है या किसी एलर्जी की वजह से। मूल कारण का पता लगाने पर असरदार व योग्य दवाई देना आसान हो जाता है।

इसी तरह जब बड़ी-बड़ी कंपनियों में कोई कार्य समय पर पूरा नहीं होता तब कंपनी में एक सर्वे किया जाता है। जिसमें कार्य समय पर पूर्ण न होने के मूल

कारण की खोज की जाती है। फिर कंपनी इसी कारण पर अमल कर, अगला कार्य समय पर पूरा होगा, इसकी ज़िम्मेदारी लेती है। यही बात समस्याओं के साथ भी लागू होती है। आपकी राह में आनेवाली बाधाओं का आपको ज्ञान होगा तो आप आसानी से उन पर मात कर सकते हैं। अगर समस्या के मूल कारण का पता ही नहीं होगा तो आपकी लाख कोशिशों के बावजूद भी समस्या नहीं सुलझेगी। जैसे किसी दुष्ट जादूगर की जान उसके तोते में फँसी हो और आप उसके शरीर पर वार करते रहेंगे तो आपके प्रयत्न विफल होंगे। इसका अर्थ हुआ ८०% कोशिशों के बावजूद आपको २०% ही परिणाम मिलेगा। जैसे ही आपको पता चलेगा कि तोते की गरदन मरोड़नी है, वैसे ही आपकी समस्या सुलझ जाएगी और २०% कोशिशों में ही आपको ८०% परिणाम मिलेगा।

८०-२० नियम

८०-२० नियम के इस्तेमाल से आपका सारा ध्यान केवल महत्वपूर्ण कार्यों पर लगा रहेगा। आप ऐसे कामों को प्राथमिकता देंगे, जिससे अधिकतम परिणाम आएँगे। इस नियम के मुताबिक हर कार्य में एक २०% मेहनतवाला कार्य होता ही है, जिससे ८०% परिणाम मिल सकता है। इस कार्य की पहचान होने से आपकी समस्याएँ चुटकियों में सुलझ जाएँगी।

हमारी एनर्जी का ८०% हिस्सा इन २०% कार्यों में खर्च होना चाहिए। इस तरह एनर्जी का इस्तेमाल करने से आप घर, ऑफिस, समाज और खुद की प्रगति में हिस्सेदार बनते हैं। चूँकि यह नियम बहुत कम लोगों को ज्ञात है इसलिए इंसान अज्ञान में केवल २०% महत्त्व रखनेवाले कार्यों में अपनी ८०% एनर्जी खर्च कर देता है। परिणामतः उसे मनचाहा परिणाम नहीं मिल पाता। अब समय आया है कि इंसान अपनी ८०% एनर्जी उन २०% कार्यों में लगाए, जिससे अधिकतम परिणाम आए।

आइए, ८०-२० नियम के कुछ उदाहरण देखें। जब माँ कोई सब्ज़ी बनाती है तो उसमें सभी मसाले और नमक डालती है। नियम के अनुसार मसाले ८०% हिस्सा होने के बावजूद भी अगर २०% नमक न डाला जाए तो सब्ज़ी का स्वाद शायद ही किसी को पसंद आए।

किसी भी कार्य को आरंभ करने से पहले उस कार्य के २०% हिस्से की

खोज करें, जो आपको ८०% परिणाम देगा और पहले उस पर कार्य करें। अगर इस २०% हिस्से पर कार्य नहीं होगा तो समस्या उत्पन्न हो सकती है। उसी तरह अगर आपको अपनी नौकरी में संतुष्टि का एहसास न हो तो पहले समस्या का मूल कारण खोजें और ८०-२० नियम अपनाएँ। मान लीजिए, आपकी कंपनी के उत्पादनों की बिक्री तो अच्छी है मगर कंपनी के कर्मचारियों का नाता कंपनी के ग्राहकों से अच्छा नहीं है तो कंपनी को समस्याओं का सामना करना पड़ सकता है। फिर चाहे आप उत्पादनों की बिक्री पर चाहे जितनी मेहनत लें, जब तक कर्मचारी और ग्राहकों के बीच नाता नहीं सुधरता तब तक कंपनी के उत्पादनों की बिक्री नहीं बढ़ेगी।

उसी तरह, रोज़ सुबह व्यायाम करना भी आपके २०% कार्यों में से एक बन सकता है। आप जानते हैं कि व्यायाम और योग्य खान-पान उन २०% कार्यों मे से हैं जो स्वास्थ्य के रूप में ८०% परिणाम लाएँगे। अतः आपका ध्यान इन २०% कार्यों पर अधिक होना चाहिए।

खुद के लिए कार्यों की एक सूची बना लें, जिसमें अपने २०% कार्यों को प्राथमिकता दें। २०% कार्य पूर्ण होने पर ८०% कार्य हाथ में लें।

सही सोच

आपकी सूची बनने के पश्चात अपने हर कार्य पर बारीकी से मनन करें। आपके कार्य की कोई भी कड़ी छूटनी नहीं चाहिए। इसके लिए आप हर कार्य के साथ पाँच सवाल पूछ सकते हैं- क्या? क्यों? कैसे? किसके लिए? और कब?

एक बार आपका लक्ष्य तय हो जाए तो उसे हासिल करने के लिए आप उप-लक्ष्य और उप-उप-लक्ष्य भी बना सकते हैं। पहले उप-उप-लक्ष्य पूर्ण कर पाएँगे तो उप-लक्ष्य पूर्ण करना आसान होगा। उप-लक्ष्य हासिल करने के बाद लक्ष्य तक पहुँचने का रास्ता साफ हो जाएगा। आगे दिए गए मनन प्रश्न इस संपूर्ण प्रक्रिया में उपयुक्त साबित हो सकते हैं -

१. दिए गए कार्य का महत्त्व और उद्देश्य क्या है?

२. इस कार्य को पूर्ण करने में कौन से गुणों की ज़रूरत होगी?

३. इस कार्य को समय पर पूर्ण करने के लिए क्या आवश्यक होगा?

४. इस कार्य की शुरुआत करने से पहले कौन सी ऐसी ज़रूरतें हैं, जो पूरी होनी चाहिए?

५. इस कार्य के पूर्ण होने पर कौन सी ज़रूरतें शेष रह सकती हैं?

इस तरह आप कार्य पूर्ण करने का नया तरीका अपनाकर मनचाही सफलता पा सकते हैं। इससे आपके अंदर दबे गुण भी उभरकर बाहर आएँगे।

चौथा उपाय- पहले कुछ दिन कड़ी मेहनत लें

कुछ समस्याओं के लिए बस कड़ी मेहनत ही काम आती है। जैसे किसी विद्यार्थी को असाइनमेंट करनी हो मगर उसका मन कहता रहे कि 'अब ये असाइनमेंट कैसे करें? इतना काम है... समय कम पड़ जाएगा... यह तो बड़ी समस्या है।' मगर वह विद्यार्थी जानता है कि एक बार वह असाइनमेंट करने बैठ जाए तो उसका काम चुटकियों में हो जाएगा, बस काम शुरू करना आवश्यक है। बड़बड़ करके मन तो काम से बचने का बहाना खोजता है।

जब मन की बड़बड़ आपको काम करने से रोके तो खुद को बताएँ, 'मुझे दो-तीन दिन कड़ी मेहनत करनी होगी। समस्या का कुछ हिस्सा पहले ही सुलझ चुका है। अब मेहनत करना ही मेरी समस्या का समाधान है।' इस काम की शुरुआत से आधी समस्या सुलझ जाती है। काम करते हुए बाकी आधी समस्या भी सुलझ जाती है। साथ ही कुछ समस्याओं पर आपको रोज़ काम करना पड़ सकता है। एक समय तक मेहनत करते रहने से वह समस्या हमेशा-हमेशा के लिए समाप्त हो सकती है। ऐसे में अपनी इस परिस्थिति को सर्वप्रथम स्वीकारें। भले ही शुरुआत में समस्या सुलझते हुए नज़र न आए मगर मेहनत करते रहने से एक समय ऐसा आएगा कि समस्या सुलझ चुकी होगी।

पाँचवाँ उपाय- दृढ़ता

कुछ समस्याओं को सुलझाने के लिए आपको दृढ़तापूर्वक कार्य करते रहना पड़ सकता है। जैसे किसी को स्वास्थ्य से संबंधित शिकायतें हों तो उसे रोज़ प्राणायाम, योगा आदि व्यायाम करना होगा। साथ ही, उसे अपने खान-पान का भी ध्यान रखना होगा। उपरोक्त उपायों का इस्तेमाल अगर कोई महिनाभर करके छोड़ दे तो आप जानते हैं इससे स्वास्थ्य को कोई लाभ नहीं होगा। अगर किसी को निरंतर स्वास्थ्य चाहिए तो उसे दृढ़तापूर्वक इन उपायों पर डटे रहना होगा। मन चाहे कितनी भी बड़बड़ करे, चाहे जितने नाटक करे, इंसान को दृढ़ता से इन उपायों का इस्तेमाल करते रहना चाहिए तभी उसे स्वास्थ्य का मनचाहा परिणाम प्राप्त होगा।

इसी तरह अगर कोई सिगरेट या शराब छोड़ने की राह पर हो तो जब दृढ़ता नामक गुण उसका हमराही बनेगा तभी वह मंज़िल पा सकेगा। लोगों की शराब न छूटने के पीछे का मुख्य कारण दृढ़ता का अभाव ही है।

दृढ़ता से सुलझनेवाले समस्याओं को सुलझाना लोग आरंभ तो करते हैं मगर बीच रास्ते में ही अपनी कोशिशों को पूर्णविराम लगा देते हैं। वे फिर कोशिशें शुरू करते हैं और फिर आधे-रास्ते में छोड़ देते हैं। यह चक्र ज़िंदगीभर चलते रहता है। ऐसा इंसान सभी उपायों को पूरी लगन और मेहनत से अपनाता है लेकिन थोड़े ही समय के लिए वह समस्या सुलझने से पहले ही अपनी दृढ़ता खो बैठता है और उपायों का इस्तेमाल करना छोड़ देता है। परिणामतः उसकी समस्या कभी सुलझती नहीं है।

आपने देखा होगा कि कई खिलाड़ी सफलता के शिखर तक पहुँचते हैं मगर वहाँ टिक नहीं पाते। जिनके पास दृढ़ता नामक गुण होता है, वे ही सफलता के शिखर पर बने रहते हैं। कुछ लोग रातों-रात सफलता पा लेते हैं लेकिन उसे टिकाए रखने से चूक जाते हैं। ऐसा केवल दृढ़ता न होने की वजह से होता है।

जब इंसान अच्छी आदतें छोड़, पुराने मार्ग पर वापस जाता है तब सफलता

भी उसका साथ ज़्यादा समय तक नहीं दे पाती। 'निरंतरता ही सफलता की कुंजी है' यह कहनेवाले महापुरुष ने दृढ़ता एवं निरंतरता का अभ्यास करने से होनेवाले आश्चर्य देखे होंगे तभी उन्होंने ऐसी पंक्ति कही होगी। कहने का तात्पर्य है- दृढ़ता से बने रहने पर बड़ी से बड़ी समस्याएँ भी सुलझ जाती हैं।

छठवाँ उपाय- अपने लक्ष्य को याद करें

अगर किसी मेंढक को उबलते पानी की बाल्टी में फेंका जाए तो वह तुरंत बाल्टी के बाहर कूदेगा। लेकिन यदि उसे ठंडे पानी की बाल्टी में डाला जाए और फिर धीरे-धीरे उस पानी को उबाला जाए तो मेंढक कूदने की बजाय उसी उबले पानी में फुदकते रहता है। पानी का तापमान बढ़ रहा है, यह वह समझ ही नहीं पाता और अपनी जान से हाथ धो बैठता है।

ऐसा ही कुछ इंसानों के साथ भी होता है, जो अचानक होनेवाले बदलावों को तो देख पाते हैं मगर समय के साथ, धीमी गति से बढ़नेवाली समस्याओं को देखने से चूक जाते हैं।

अकसर हम अपने रोज़मर्रा के काम बेहोशी में ही करते रहते हैं... वैसे ही जैसे रोज़ करते हैं। इन कामों के प्रति हमारे मन में न कोई सवाल उठता है, न ही कोई शंका उठती है। हालाँकि समय के साथ परिस्थिति के बदलने से हमें भी अपनी दिनचर्या बदलनी चाहिए मगर ऐसा होता नहीं है।

हर काम में अवश्य ही सुधार लाए जा सकते हैं इसलिए बीच-बीच में रुककर मनन करना आवश्यक है। मनन इस बात पर हो कि मैं जो कर रहा हूँ, क्या उसकी ज़रूरत आज भी है या इस काम को बदला जा सकता है? इस काम से बेहतर कोई काम किया जा सकता है?

समय, उम्र और समझ के साथ भी आपके लक्ष्य बदल सकते हैं। जैसे किसी बच्चे से पूछा जाए कि वह बड़ा होकर क्या बनना चाहेगा तो बच्चा उसकी समझ के अनुसार जवाब देगा कि वह डॉक्टर बनना चाहता है, चित्रकार बनना चाहता है या क्रिकेटर बनना चाहता है। इसी बच्चे की दसवीं कक्षा की परीक्षा होने

के बाद यही सवाल पूछा जाए तो उसका जवाब बदल चुका होता है क्योंकि उसकी समझ भी बदल चुकी है।

इसीलिए कहा जाता है कि दृष्टिकोण, गुण अथवा समझ बदलने पर अपने लक्ष्य पर फिर से मनन करना चाहिए। जैसे कोई बचपन से ही तबला बजाने में एक्सपर्ट बनना चाहता हो मगर तबला सीखते हुए उसे एहसास होता है कि तबला बजाने के साथ-साथ वह गानों की धुन भी बना सकता है। इसके पश्चात केवल तबला-वादक न बनकर वह एक गीतकार बनने का लक्ष्य भी तय कर सकता है। कहने का अर्थ अपने लक्ष्य के पीछे का कारण समझना आवश्यक है। जैसे कोई वैज्ञानिक किसी बीमारी का इलाज खोजने का लक्ष्य रखता है और उससे पहले ही कोई और वैज्ञानिक वह इलाज खोज ले तो पहले वैज्ञानिक को अपना लक्ष्य बदलना पड़ता है। वरना अंत में उसके हाथ निराशा के अलावा कुछ नहीं बचेगा।

बदलते समय के साथ लक्ष्य न बदलने पर इंसान की मेहनत पानी में मिल सकती है। कुछ समस्याएँ आती ही इसलिए हैं कि हम अपने लक्ष्य पर मनन कर, उसे याद कर पाएँ। अगर इंसान अपना लक्ष्य भूल जाए तो वह किसी मशीन की तरह रोज़मर्रा के कार्य करता रहता है और एक समय के बाद यह मशीनियत उसे समस्या लगने लगती है। जिससे बचने के लिए अपने लक्ष्य को याद करते रहने की आदत डालें। इससे आपका उमंग-उत्साह बना रहेगा।

साथ ही, अपने लक्ष्य पर बार-बार मनन करते रहने से आप इसकी छोटी से छोटी बात भी पकड़ पाएँगे। इसी से आपके लक्ष्य को बल मिलेगा और आप समझ पाएँगे कि आप सचमुच क्या चाहते हैं और वह पाने के लिए कार्य कर रहे हैं या नहीं?

सातवाँ उपाय- अपना दृष्टिकोण बदलें

ऐसी कई समस्याएँ हैं, जिन्हें केवल अपना दृष्टिकोण बदलकर सुलझाया जा सकता है। जब आप समस्या को देखने के अपने दृष्टिकोण को परखेंगे यानी असल में परिस्थिति क्या है यह देख पाएँगे तो आपकी समस्या वहीं के वहीं सुलझ सकती है। अगर आप किसी घटना को नकारात्मक दृष्टिकोण से देख रहे

थे तो इस दृष्टिकोण पर मनन करने से आप उस घटना के प्रति सकारात्मकता महसूस कर सकते हैं। परिणामतः आपकी समस्या सुलझ जाएगी।

ऐसे समय अपने सभी नकारात्मक विचार कागज़ के किसी टुकड़े पर या आपकी रफ-बुक में लिखें। अपने विचारों को लिखने से मन हलका होने लगता है, नकारात्मकता का बोझ घटने लगता है। साथ ही नए, ताज़े और सकारात्मक विचारों के लिए मन खुल जाता है। मन खाली होने के पश्चात आप अपनी डायरी में अपनी ज़िंदगी के बारे में लिख सकते हैं कि आपको क्या चाहिए और वह कैसे मिलेगा? अपनी डायरी में लिखते समय पूर्ण विश्वास के साथ लिखें कि 'अब जो मैं लिखने जा रहा हूँ, वह जल्द ही वास्तविक रूप धारण करेगा। मुझे जो भी चाहिए, वह सरलता से मिल जाएगा।' समस्या को देखने का दृष्टिकोण बदलते ही आपकी समस्या विलीन हो जाएगी।

समस्या का बोझ घटाने के लिए खुद से पूछें, 'क्या इस तरह की समस्या का सामना करनेवाला दुनिया का मैं एकमेव इंसान हूँ? क्या मुझसे पहले इस समस्या का समाधान किसी को नहीं मिला?' जवाब आएगा- 'ऐसा तो कदापि नहीं है' और आपका बोझ हलका हो जाएगा। क्योंकि अगर दुनिया का एक इंसान कर सकता है तो हर इंसान कर सकता है।

अगर आपके किसी रिश्ते में परेशानी हो तो मनन करें कि क्या सचमुच यह समस्या सामनेवाले की गलती की वजह से उत्पन्न हुई है या इसमें मेरा भी दोष है? क्या सचमुच ऐसा कुछ नहीं था, जो मैं कर सकता था जिससे इस रिश्ते की मधुरता बनी रहती? कपटमुक्त मनन करने पर आपको पकड़ में आएगा कि हर परिस्थिति में ऐसा कुछ न कुछ ज़रूर होता है, जो रिश्ते को जोड़े रख सकता है। बस, आपका नज़रिया बदलें। अगर सामनेवाला आपकी बात नहीं मान रहा है या आपको मदद नहीं कर रहा है तो आपके लिए यह एक मौका है- अपने अंदर सहनशीलता, धीरज, धैर्य, साहस, प्रेम और संवाद-कुशलता बढ़ाने का। यकीन मानिए, आपके आस-पास के लोग आपकी प्रगति में बड़ा योगदान दे रहे हैं। बस आप अवसर को और अपने सह-निर्माता को पहचान पाएँ। सह-निर्माता वह इंसान जो आपके विकास में आपकी सहायता करता है।

अगर कोई आपको बार-बार गुस्सा दिलाए तो वह इंसान आपमें सहनशीलता

बढ़ाने के लिए सह-निर्माता बन रहा है। अगर आपका सामना किसी भयभीत करनेवाली घटना से हो तो उस घटना में मौजूद लोग आपमें अभयता, निडरता, साहस पैदा करने में सह-निर्माता का योगदान देते हैं। अगर किसी को देखते ही आपके मन में नफरत जगे तो समझ जाएँ कि यह इंसान आपमें असीम प्रेम को जगाने आया है, इस कार्य में आपका सह-निर्माता है।

आपकी मर्जी के अनुसार हरेक को बदलना असंभव है इसलिए खुद का दृष्टिकोण बदलें। इससे समस्या भी सुलझेगी और आपमें एक अनोखे गुण की निर्मिति भी होगी। ऐसे समय खुद से कहें, 'इसी मौके का तो इंतजार था!' आपके आस-पास का हरेक इंसान आपके लिए आइने का काम कर रहा है। अगर किसी की लापरवाही से आपको गुस्सा आए तो गुस्सा करने के बजाय, मनन करें कि मैं कहाँ-कहाँ लापरवाही करता हूँ। अपने विकारों को भी अपने विकास के लिए निमित्त बनाएँ। अपने विचारों पर इस तरह मनन करने से ही आपकी खामियाँ आपके समक्ष आएँगी और आप उन्हें बदल पाएँगे। इससे आपके विचार और बरताव, दोनों ही अनुशासित होंगे।

इस बात पर ज़रा गौर करें कि अगर किसी दो वस्तुओं में तुलना करने से आपको यह ज्ञात हो कि एक वस्तु उपयोगी है और दूसरी अनुपयोगी तो क्या सचमुच दूसरी वस्तु का कोई उपयोग नहीं हुआ? अगर दूसरी वस्तु ही न होती तो क्या पहली वस्तु की उपयोगिता आपके समक्ष आती? अगर काला ही न हो तो सफेद की क्या कीमत? इस विचार के पश्चात क्या आपको दूसरी वस्तु की अनुपयोगिता समस्या लगेगी? नहीं! बल्कि अपने इस नए दृष्टिकोण से आपको आनंद ही प्राप्त होगा... आपकी आश्चर्य की आँख खुलेगी और आप दुःख का दुःख भुगतने से बच जाएँगे।

साथ ही, अपनी समस्या को अव्यक्तिगत रूप से देखने पर आपको मिले समाधान का लाभ विश्व के हरेक इंसान को होगा। समस्या का आना असल में आपके कंधे पर एक ज़िम्मेदारी आने जैसा है। यह पढ़कर किसी को सवाल आ सकता है कि समस्या भला ज़िम्मेदारी कैसे हो सकती है? तो इसे समझें समस्या ज़िम्मेदारी तब होती है, जब आप अपना दृष्टिकोण बदलते हैं।

जैसे हेलेन केलर ने अपनी विकलांगता को ज़िम्मेदारी के रूप में देखकर

सभी विकलांगों की स्थिति बदलने की कोशिश की और उसमें कामयाब भी रहीं। ऐसे ही किसी इंसान के जीवन साथी के मृत्यु के पश्चात उसने लोगों में मृत्यु के प्रति जागरुकता बढ़ाने का कार्य किया। एक इंसान ऐसे रोग से ग्रस्त था जिसका कोई उपचार तब उपलब्ध नहीं था। ऐसी विकट परिस्थिति में उस रोगी ने अपनी समस्या को ज़िम्मेदारी के रूप में देखकर, उस रोग का उपचार खुद ही खोज निकाला। ऐसा करके उसने न केवल अपने आपको रोग से बचाया बल्कि पूरे विश्व को उस रोग के चंगुल से मुक्त किया। जीवन में आए अंधकार को निमित्त बनाकर, इन हस्तियों ने औरों के जीवन में उजाला लाने का कार्य किया। उनकी समस्या, समस्या न रहकर पूरे विश्व के लिए विकास की सुवर्ण-संधी बनी।

क्या आपके जीवन में कोई ऐसी समस्या है जो असल में विश्व के प्रति आपकी ज़िम्मेदारी है?

आठवाँ उपाय- अनपेक्षित की पहचान हो

कई बार अनपेक्षित घटनाएँ आपके जीवन में समस्या बन जाती हैं। जैसे आपको मिलनेवाला प्रमोशन किसी अनपेक्षित घटना की वजह से रुक जाता है या कोई आपकी अपेक्षा के विपरीत प्रतिसाद देकर समस्या खड़ी करता है। लेकिन जीवन में तो इस तरह के उतार-चढ़ाव आते ही हैं! अब हमें सीखना है कि इन उतार-चढ़ावों में हमारा नुकसान न होकर विकास कैसे हो।

इसके लिए सबसे पहले अनपेक्षित घटनाओं को पहचानना सीखें। आपके जीवन में ऐसा क्या हुआ जो आपको अपेक्षित नहीं था और वही आपकी समस्या का कारण बना? या ऐसा क्या है जो आनेवाले भविष्य में समस्या का कारण बन सकता है? यह कार्य हर साल 'मेडिकल-चेकअप' करवाने जैसा है। अगर आपको पहले ही पता होगा कि कौन से रोग होने की संभावना है तो आप आज से ही उन रोगों से बचने के लिए कदम उठा पाएँगे।

असल में ये अनपेक्षित घटनाएँ आपका बल बढ़ाने हेतु ही आती हैं, आपके मन को हरेक घटना में फिर वह अच्छी हो या बुरी, अकंप रहना सिखाती है। इन

घटनाओं के आने से आपको पता चलता है कि आज की तारीख में आप कितने प्रतिशत तैयार हैं? इसलिए अनपेक्षित घटनाओं के आने पर यह समझ रखें कि अब मुझे मेरी जानकारी मिलनेवाली है।

जीवन उस पहेली की भाँति है, जिसमें आपको हर कदम का समाधान निकालना होता है। अगर एक भी कदम का समाधान चूक गया तो आगे के कदमों के जवाब गलत ही आएँगे और पहेली बूझने से चूक जाएगी। ऐसे में आपको वापस जाकर वह पहला गलत कदम सुधारना होता है। जिसके सुधरते ही पहेली अपने आप आसान लगने लगती है। यही बात जीवन की समस्याओं के साथ भी लागू होती है, जिनका सामना करते हुए हर अनपेक्षित गलती के प्रति जागरुक रहें।

उदाहरण के तौर पर मान लिजिए, आपको आज घर जाकर आराम से टी.वी. देखने की इच्छा हो मगर आप घर पहुँचते हैं तो कुछ मेहमान आपका पहले से ही इंतजार कर रहे थे। ऐसी घटना में दुःखी होने के बजाय इसे मौके के रूप में देखें। हो सकता है, मेहमान आपके लिए कोई ऐसी वस्तु या खबर लाए हों, जिसे पाकर आपको टी.वी. देखने से जितना आनंद मिलता, उससे कहीं अधिक मिले या किसी कठिन परिस्थिति में फँसने पर आपको किसी अनपेक्षित इंसान से मदद मिले, जो आगे चलकर आपका अच्छा मित्र बन जाए। इसलिए अनपेक्षित घटनाओं के आने पर तनाव में पड़ने के बजाय उन्हें पहले स्वीकार करें।

अपनी समस्याओं का दुःख मनाने से बेहतर है आप उस घटना द्वारा मिलनेवाली सीख को सीख लें। कठिनाई का सामना करने पर ही आप साहसी कहलाए जाएँगे, डर का सामना करने पर ही निडर कहलाए जाएँगे। इसलिए अनपेक्षित घटनाओं का सामना करते समय दुःखी होने के बजाय खुश हो जाएँ कि अब मुझे अपने गुणों की जानकारी मिलनेवाली है, मेरे स्वभाव के नए आयाम मेरे समक्ष खुलनेवाले हैं।

हमेशा याद रखें कि समस्याएँ हमें परेशान करने या तकलीफ देने नहीं बल्कि हमारे गुणों को अधिक निखारने के लिए आती हैं। हर समस्या हमें प्रगति-पथ पर अगला कदम रखने के लिए मददगार साबित होती है। ऐसा तब होता है जब आप अनपेक्षित घटनाओं को स्वीकार करके, उन्हें मौका बनाकर अपनी समस्या का समाधान खोजते हैं।

नौवाँ उपाय- विश्वास बीज बोएँ

कुछ समस्याओं का समाधान केवल विश्वास बीज बोने पर ही मिलता है। आप जो भी बोते हैं उसके फल कई गुना बढ़कर आपको मिलते हैं, फिर चाहे वह अच्छाई के बीज हों या बुराई के। कुदरत लौटाते वक्त कई गुना बढ़ाकर लौटाती है क्योंकि भरपूरता कुदरत का नियम है। कुदरत इसी तरह कार्य करती है। विश्वास बीज बोकर आप कुदरत को यह संकेत देते हैं, 'मुझे पूरा विश्वास है कि कुदरत में इस समस्या का समाधान उपलब्ध है और वह समाधान मुझे जल्द से जल्द मिलनेवाला है।' यह विश्वास संकेत देकर आप अपनी समस्या के समाधान की माँग करते हैं और कुदरत यह माँग पूरी करती है। विश्वास बीज बोने की प्रक्रिया में ही आपको समस्या का समाधान मिलता है।

इसलिए कुदरत का प्रचुरता का नियम याद रखें और हर रोज़ किसी न किसी रूप में अच्छाई बाँटें, अपनी खुशी और शांति के लिए आभार व्यक्त करें। अगर आपको ऐसा लगता है कि आपके जीवन में किसी चीज़ की कमी है तो आज से ही वह चीज़ बाँटना शुरू करें, फिर चाहे वह पैसा हो, समय हो, आधार हो, प्रेम हो या आनंद हो। अगर आप आत्मसाक्षात्कार चाहते हैं तो साक्षात्कार की खोज में भटक रहे खोजियों की मदद करें। जो आपके जीवन में है उसके लिए कुदरत को धन्यवाद दें और निसर्ग की भरपूरता को महसूस करें। प्रेम या खुशी बाँटना मानो धन्यवाद देने का ही एक तरीका है। अगर धन्यवाद कहकर शब्दों से आभार व्यक्त होते हैं तो प्रेम बाँटकर आपके कर्मों से आभार व्यक्त होते हैं। इसलिए दिल खोलकर-खुलकर खुशी बाँटें। ऐसा करके आपके जीवन में न तो खुशियाँ ही बढ़ेंगी बल्कि अधिक उच्चतम चीज़ें भी आपकी ओर आकर्षित होंगी।

अगर आप नौकरी की तलाश में हैं तो किसी और व्यक्ति को नौकरी दिलवाने में मदद करें। उनकी मदद करने से कुदरत आपकी मदद करेगी। अगर आप चाहते हैं कि सामनेवाला आपकी भावनाओं को समझे तो पहले आप उसकी भावनाओं को समझने की कोशिश करें। फिर कुदरत आपको आवश्यक बल देगी, आवश्यक शब्द या संवाद-कुशलता प्रदान करेगी और सामनेवाला भी आपकी

भावनाएँ समझ पाएगा। इससे न केवल रिश्ते की मधुरता बढ़ेगी बल्कि आपको यह रिश्ता संतुष्टि भी प्रदान करेगा।

अगर आप वाकई सफल होना चाहते हैं तो आज से नहीं बल्कि अभी से किसी न किसी की सफलता में निमित्त बनें।

दसवाँ उपाय- स्व-संवाद बदलें

केवल अपना स्व-संवाद बदलने से भी किसी समस्या का समाधान पाया जा सकता है। जैसे किसी घटना के पश्चात अगर मन बड़बड़ करे कि 'जो भी हो रहा है, गलत हो रहा है। ऐसा नहीं होना चाहिए था। वैसा नहीं होना चाहिए था। अब आगे भी सब गलत ही होगा' वगैरह-वगैरह... तो इन नकारात्मक विचारों पर लगाम लगाने के लिए खुद से कहें, 'जो होता है, अच्छे के लिए होता है। इस घटना से भी कुछ न कुछ अच्छा ही उत्पन्न होगा। यह घटना भी मेरी दिव्य-योजना का ही हिस्सा होगी और इसलिए इस घटना का आना सही है। मैं इसे पूर्ण रूप से स्वीकार करके अच्छाई और आनंद के लिए तैयार होता हूँ।'

इससे आपकी नकारात्मकता खत्म होकर, सकारात्मकता का आरंभ होगा। अपने विचारों को बदलने के पश्चात आप समझ जाएँगे कि इस समस्या में तनाव केवल नकारात्मक विचारों की वजह से था। जिसके बंद होते ही तनाव मिट जाता है और आप शांत रहकर समस्या का समाधान खोज पाते हैं या यूँ कहें कि मन शांत होते ही समस्या का समाधान खुद-ब-खुद आपके समक्ष आकर खड़ा हो जाता है। साथ ही, सकारात्मकता जगने से आपका होश भी बढ़ जाता है तथा नकारात्मकता में फँसकर अपना जीवन समाप्त करने की इच्छा जगने से भी इंसान बच जाता है।

हो सकता है कि आपको अलग-अलग घटनाओं के लिए अलग-अलग पंक्तियों का इस्तेमाल करना पड़े। यहाँ होश आपके काम आएगा। अगर आप जाग्रत होंगे तो समझ जाएँगे कि इस घटना में नकारात्मकता मिटाने के लिए मुझे किस तरह अपना स्व-संवाद बदलना है। जैसे किसी बीमार व्यक्ति को देखकर

आपके मन में डर जगे कि कहीं यह बीमारी मुझे भी न हो जाए तो खुद से कहें, 'मैं ईश्वर की दौलत हूँ, कोई भी नकारात्मक शक्ति या बीमारी मुझे छू नहीं सकती।' इससे आपके मन में विश्वास जगेगा कि आप स्वस्थ हैं और स्वयं ईश्वर आपके स्वास्थ्य की रक्षा कर रहा है। साथ ही बीमारी का डर भी भाग जाएगा।

इस तरह कुछ समस्याओं से बचने के लिए आपको बार-बार सकारात्मक स्व-संवाद दोहराना पड़ सकता है। इसलिए बिना संकोच के या बोर न होते हुए इन्हें दोहराएँ। सकारात्मक शब्दों की शक्ति और आभा आपके जीवन में आश्चर्यजनक बदलाव लाएगी। अपना स्व-संवाद आपको तब तक दोहराना है, जब तक कि वह आपका स्वभाव न बन जाए। आपका स्व-संवाद ही बताता है कि आपका मन किस तरह कार्य करता है। अगर मन ही मन दोहराने से स्व-संवाद पर विश्वास न जगे तो इन्हें जोर-जोर से, खिलकर-खुलकर दोहराएँ। इससे आपके अंदर विश्वास जगेगा और आपको एक अनोखी आज़ादी का एहसास होगा।

शुरुआत में आपको सजग रहकर ऐसा करना होगा, इसकी आदत डालनी होगी। एक बार सकारात्मक स्व-संवाद दोहराने की आदत लग जाए तो नकारात्मकता आपके मन को छू भी नहीं पाएगी। हर पल सकारात्मक और खुश रहने से आपको समस्या, समस्या नहीं लगेगी और उसका समाधान खोजना एक खेल की भाँति प्रतीत होगा, जिसमें आपकी जीत पक्की है।

याद रहे, नकारात्मक स्व-संवाद से समस्या का रूप कई गुना बढ़ भी सकता है और केवल स्व-संवाद बदलने से समस्या विलीन भी हो सकती है। ऐसा होने के लिए पहले आपको सकारात्मक शब्दों का जाप सजग रहकर या जान-बूझकर करना होगा। एक अरसे के बाद यह स्वतः होने लगेगा। मन की नकारात्मक बड़बड़ आरंभ होते ही सकारात्मकता का जाप भी आरंभ हो जाएगा और इस प्रक्रिया में आपकी समस्या भी विलीन हो जाएगी। जब आपकी आँखों पर नकारात्मकता और निराशा का चश्मा चढ़ जाए तब सकारात्मक स्व-संवाद के जाप से इसे आसानी से उतारा जा सकता है।

इससे आपका मन आनेवाली समस्याओं का सामना करने के लिए भी तैयार हो जाता है। कुछ सकारात्मक या आपकी चेतना का स्तर ऊपर उठानेवाले स्व-संवाद इस प्रकार हो सकते हैं-

- मैं शानदार हूँ, मैं शान से परे नहीं जाता हूँ। परेशान होना मैंने छोड़ दिया है।
- मैं आसानी से परिवर्तन के अनुरूप ढल जाता हूँ।
- मेरे जीवन को दिव्य मार्गदर्शन प्राप्त है इसलिए मैं सदा सही दिशा में ही आगे बढ़ता हूँ।
- मैं सबसे प्यार करता हूँ, सबको माफ करता हूँ। सब मुझे क्षमा करते हैं।
- मैं अपने अनुभवों को प्यार, खुशी और सहजता से संभालता हूँ। मेरे हाथों और स्व- संवाद में जादू है।
- मैं जीवन को पूरी तरह से ग्रहण कर, कोई प्रतिरोध नहीं जानता। मैं प्यार से जीवन को पूरी तरह से जीता हूँ।
- मैं पूर्ण हूँ, पूर्ण से हर काम पूर्ण और समय पर होते हैं।
- सारे लोग अच्छे और मेरे साथ दोस्ताना हैं। उत्तम जीवन के साथ मेरा तालमेल कायम है।
- मैं ईश्वर की रचना का अंश हूँ इसलिए मैं रचनात्मक और सृजनात्मक गतिविधियों में भाग लेता हूँ।
- मैं सदा सही रहने के तनाव से मुक्त हूँ। सही समय पर सही कार्य मुझसे सहजता से होते हैं।
- जो समस्या मुझे मार ही नहीं डालती, वह मुझे और भी मजबूत करती है।

मैं प्रेम, आनंद, मौन के राज्य में रहता हूँ! सबसे ऊपर कौन? प्रेम, आनंद, मौन!

उपरोक्त शब्दों या इन्हीं की भाँति पंक्तियों को दोहराने से आपका समस्याओं को देखने का दृष्टिकोण बदल जाएगा।

ग्यारहवाँ उपाय- दुःखद घटनाओं को हँसी में बदलें

कुछ समस्याओं का मूल कारण होता है दुःख का दुःख मनाना। मानो, किसी के घर में चोरी हो जाए तो उसने जो कुछ खोया है, उससे अधिक दुःख उसे इस बात का होता है कि 'अरे! मेरे घर में चोरी हो गई!' इससे इंसान अपना दुगना नुकसान करता है। ऐसे में सबसे पहले दुःख का दुःख मिटाने के लिए अपनी चेतना का स्तर ऊपर उठाएँ। क्योंकि चेतना के जिस स्तर पर दुःख का दुःख निर्माण हुआ था, चेतना के उसी स्तर पर रहकर दुःख के दुःख से मुक्ति नहीं पाई जा सकती।

चेतना का स्तर बढ़ते ही वह विशिष्ट घटना आपको साफ-साफ दिखाई देने लगती है। घटना को केवल एक घटना के रूप में देखने से समाधान भी स्वतः दिखाई पड़ता है।

इस प्रक्रिया को अधिक आसान करने के लिए आइए, दुःखद घटनाओं को हँसी में बदलना सीखें। आपकी समस्या जब तक विलीन नहीं हो जाती तब तक अपनी दुःखद भावनाओं पर हँसना सीखें। यह एक कला है, इसे सीखने से यकीनन दुःख का असर कम होगा इसलिए इसकी आदत डाल लें।

एक विद्यार्थी को परीक्षा में १०० में से केवल ५ अंक मिले, फिर भी वह हँस रहा था। जब शिक्षक ने उसे पूछा कि इतने कम अंक मिलने के बावजूद तुम हँस रहे हो? तो उसने हँसते हुए ही जवाब दिया कि 'मुझे इस बात की हँसी आ रही है कि मेरे सारे जवाब गलत होने के बावजूद भी मुझे ५ अंक कैसे मिले?' उस विद्यार्थी को इस बात की खुशी थी कि उसकी परीक्षा का परिणाम उसकी अपेक्षा से बेहतर कैसे आया? खैर यह तो केवल एक चुटकुला था मगर इस विद्यार्थी से हम सीख सकते हैं कि दुःख मनाने के बजाय, खुशी किस तरह मनाई जा सकती है।

आइए, एक उदाहरण देखते हैं- एक अमीर इंसान ने अपने परिवार के लिए एक महल बनवाया। मगर जिस दिन वह अपने परिवार के साथ उस महल में रहने

के लिए जानेवाला था, उसी दिन महल गिरकर ध्वस्त हो गया। सब उस अमीर इंसान के लिए दुःखी हो रहे थे कि बेचारे का कितना नुकसान हो गया लेकिन आश्चर्य की बात यह थी कि वह अमीर इंसान दुःखी होने के बजाय सब लोगों में मिठाई बाँट रहा था। उसके इस व्यवहार का कारण पूछने पर उसने बताया, 'मैं खुश हूँ कि जब महल गिरा तब मेरा परिवार महल में नहीं था वरना मेरा कितना नुकसान हो जाता। अब तो केवल आर्थिक नुकसान हुआ है... जिसकी भरपाई कुछ दिनों, महीनों या सालों में हो जाएगी मगर मैं बहुत खुश हूँ कि मेरा परिवार सुरक्षित है।'

अपने दुःखों पर खुशी मनाने का अर्थ यह नहीं है कि हम अपनी ज़िम्मेदारियों के प्रति लापरवाही से पेश आ रहे हैं बल्कि हँसी-मज़ाक करके हम केवल उन ज़िम्मेदारियों को उठाते हैं... जिम्मेदारियों के बोझ को नहीं। इस हँसी से हमारी चेतना का स्तर ऊपर उठता है और उच्च स्तर की चेतना से कार्य करना ही हमारा मूल लक्ष्य होता है। इससे हमारी आध्यात्मिक उन्नति भी होती है। खुश रहनेवाले इंसान को कुदरत हमेशा ज़िंदगी में आगे बढ़ाती है।

आनंद ही वह भावना है जिससे हम अपने अंदर छिपे ईश्वर से आसानी से जुड़ सकते हैं। ऐसा होने पर समस्या सुलझती ही नहीं बल्कि विलीन हो जाती है। इसलिए यह मान लें कि मन में उठ रही भावनाएँ ईश्वर का हमसे बात करने का तरीका है। जब कोई कार्य करते हुए आपके मन में दुःखद भावना जगे तब समझ जाएँ कि ईश्वर नहीं चाहता ऐसा हो या यह कार्य आपके प्रगतिपथ में बाधा बने। लेकिन जब कोई कार्य करते हुए आपको ज़्यादा खुशी की भावना महसूस हो तब समझ लें कि ईश्वर चाहता है कि ऐसे कार्य अधिक मात्रा में हों। अर्थात मन में उठ रही भावनाएँ ही ईश्वर की भाषा है। बस हमें यह भाषा समझ में आ जाए।

इसी के साथ याद रखें, खुशी की भावना जगते ही आप अपने अंदर छिपे ईश्वर से जुड़ते जाते हैं। इस प्रयोग को निरंतर करते रहने से आपको कई आश्चर्य देखने को मिलेंगे। परिणाम आने पर आपका विश्वास और खुशी दोनों में ही

बढ़ोत्तरी होगी।

बारहवाँ उपाय- भविष्य की रुकावटों को आज ही पहचानें

इस उपाय पर बात करने से पहले, कुछ समस्याओं पर गौर करें-

▸ आप एक अनोखे वक्ता बनने की चाहत रखते हैं। यह आपका सपना है कि आप बड़े से व्यासपीठ पर खड़े होकर एक साथ लाखों लोगों से बात कर पाएँ मगर आप व्यासपीठ के अपने डर से ऊपर नहीं उठ पा रहे हैं।

▸ आप अपने क्षेत्र का एक जाना माना नाम बनना चाहते हैं मगर अपना काम बढ़िया तरीके से पूर्ण कर पाने के लिए आवश्यक मेहनत नहीं कर रहे हैं।

▸ आप सफल बनना चाहते हैं मगर किसी कठिन परिस्थिति के उत्पन्न होते ही आप उस घटना से भाग जाना चाहते हैं या अपने आपको अपात्र समझने लगते हैं।

▸ आप अपनी परीक्षा में भी अव्वल आना चाहते हैं मगर प्रश्न पत्रिका हाथ में आते ही असफलता का डर आपको घेर लेता है।

▸ आप एक शांत, नम्र इंसान बनने की चाह रखते हैं मगर सामनेवाला यदि आपकी अपेक्षा के विपरीत कार्य करता है तो आप उस पर झुँझला उठते हैं।

इन उदाहरणों से हमें क्या समझ मिलती है? यही कि आपकी हर इच्छा पूर्ण होने की राह पर कुछ बाधाएँ हैं, जिनकी वजह से आपकी इच्छाएँ पूर्ण नहीं होतीं। इन बाधाओं को पहचानना सीखें। आपके मन में यह सवाल उठ सकता है कि इन बाधाओं को आपकी राह में आखिर डाला ही क्यों गया? ऐसा इसलिए क्योंकि जिन्हें जीतना होता है, वे हर मुश्किल को पार करके जीत ही जाते हैं। राह में आनेवाली बाधाओं की वजह से यह ज्ञात होता है कि सचमुच किसे जीतने की इच्छा है। जो लोग बाधाओं को देखकर भाग जाते हैं, वे कभी जीतना ही नहीं चाहते थे। उनके सिर पर जीतने का जुनून सवार नहीं था। लेकिन जिन्हें जीत से प्यार होता है, वे हर मुश्किल के बावजूद भी जीत जाते हैं।

बाधाओं के आने से आपको स्वतः यह ज्ञात होगा कि आपको अपने लक्ष्य से कितना प्रेम है? आपमें ऐसे कौन से विकार हैं जो इस प्रेम पर हावी हो जाते हैं और जिनकी वजह से आप ईश्वर से संपर्क तोड़कर मन की दलदल में फँस जाते हैं।

असल में बाधाएँ आपको रोकने नहीं बल्कि आपकी गति बढ़ाने आती हैं। इस नज़रिए से देखेंगे तो आपको बाधाएँ आने पर दुःख नहीं होगा बल्कि आप इसे पार करने की चुनौती स्वीकार कर, पूरे जोश से इस समस्या का समाधान ढूँढ़ने लगेंगे। ऐसा समझ लें कि ये बाधाएँ आपसे आंतरिक खोज करवाने के लिए आई हैं, आपकी सफलता की गति बढ़ाने आई हैं। बाधाओं का सामना करने पर आप पाएँगे कि आप अधिक बलवान, अधिक गुणवान बन गए हैं। बाधाओं का सामना करने की वजह से आप हारने के बजाय जीत जाते हैं। इस समझ के साथ आप देखेंगे कि जो समस्या आपको तकलीफ देती थी, वही समस्याएँ आपके प्रगति का कारण बनेंगी।

अपनी समस्या को इस दृष्टिकोण से देखने के पश्चात आप समझ पाएँगे कि हर समस्या किसी न किसी गुण को विकसित करवाने के लिए आती है। जब तक हममें वह गुण नहीं आ जाता तब तक वह समस्या विलीन नहीं होती। समस्या के आने पर अगर आप टूटते नहीं हैं तो समस्या अवश्य टूट जाती है। बस आपमें वह गुण आ जाए।

अतः जिन्हें उत्तम वक्ता बनना है वे व्यासपीठ के डर से ऊपर उठकर साहसी बनते हैं और अंततः एक उत्तम वक्ता भी बन जाते हैं। उत्तम वक्ता बनने के पश्चात अब उन्हें व्यासपीठ का डर नहीं सताता। इससे यह समझें कि उनके जीवन में व्यासपीठ का डर उनमें साहस निर्माण करने आया था। अगर वे व्यासपीठ से डरते ही नहीं तो उनमें वैसा साहस विकसित न होता, जैसा आज हुआ है।

साथ ही अगर व्यासपीठ का डर लोगों को न दिया जाता तो सभी बोलते और सुननेवाला कोई न होता।

अगर आप एक उत्तम लेखक बनना चाहते हैं तो आपको अपने आलस्य को छोड़ना होगा, खुद में फूर्तिजगानी होगी। डर जैसी समस्याएँ आती ही इसलिए हैं कि आप उस कार्य के प्रति अपनी निष्ठा परख पाएँ। आप चाहे जो भी कार्य

कर रहे हों, अगर सफल होना है तो बाधाओं के आने से भाग जाना योग्य नहीं है बल्कि खुद में वे सारे गुण विकसित करें, जिससे सफलता पाना आसान होगा। अपने डर का सामना करें और अपनी समस्याओं पर हँसें! असफलता के डर मिटाने हैं तो सफल होने के निरंतर प्रयास करने होंगे।

तेरहवाँ उपाय- धन्यवाद देकर अपनी 'हॅपी हैट' पहने रखें

एक बार, एक शहर के बाहर सर्कस का तंबू लगा था। सर्कस शुरू होने के ठीक एक दिन पूर्व अक्समात आई जोरदार बारिश की वजह से सर्कस का तंबू तहस-नहस हो गया। सभी सहभागियों को चिंता सताने लगी कि अब करें तो क्या करें!

इस कोलाहल में सर्कस का मालिक मात्र शांत ही नहीं बल्कि मुस्कुराते हुए टहल रहा था। एक सहभागी को देखकर बड़ा आश्चर्य हुआ और उसने जाकर मालिक से बात करने की सोची। मालिक की मुस्कुराहट देखकर उसे पक्का यकीन था कि मालिक ही सबको बता पाएँगे कि इन हालातों में आगे क्या करना चाहिए। सहभागी के सवाल पर मालिक ने बड़ा सुंदर जवाब दिया।

'तंबू तो तेज हवाओं के कारण उड़ गया मगर जीवन में आए इस तूफान में तुम सब अपनी 'हॅपी हैट' उड़ने मत देना! तंबू के उड़ने से तो सर्कस नहीं रुकेगी मगर तुम्हारी 'हॅपी हैट' उड़ने से ज़रूर रुक जाएगी!'

अगर आपके जीवन में भी कोई तूफान आया था, इस क्षण है या भविष्य में आनेवाला हो तो सर्कस के मालिक का कहना अवश्य याद रखें- अपनी हॅपी हैट किसी भी परिस्थिति में उतरने न दें। कहने का अर्थ भले ही जीवन में समस्या आए मगर समस्या का समाधान दुःखी रहकर नहीं बल्कि खुश रहकर खोजें। जो तूफान आपका तंबू उड़ा ले गया, वही तूफान आपकी हॅपी हैट भी उड़ा ले जा सकता है इसलिए आपको सजग रहना है। समस्या भले ही आए मगर समस्या आने के पश्चात आपके मन में नकारात्मक विचार आने न पाए। अगर ऐसा हुआ तो समझ लीजिए आपकी हॅपी हैट उतर गई। हॅपी हैट के उतर जाने से समस्या

का समाधान खोजने में आपको तकलीफों का सामना करना पड़ सकता है। इसके विपरीत अगर आपकी हॅपी हैट सलामत होगी तो आप पहले से अधिक मजबूत तंबू का निर्माण कर सकते हैं, ऐसा तंबू जो बड़े से बड़े तूफान में भी टिका रहेगा।

अर्थात अगर समस्या आने के पश्चात आप खुश रहते हैं, नकारात्मक विचारों को बढ़ावा नहीं देते हैं तो आपमें ऐसे गुण विकसित होंगे कि आगे आनेवाली घटनाएँ समस्याओं में तबदील होंगी ही नहीं! सर्कस का मालिक यह राज़ जानता था इसलिए तंबू के उड़ जाने पर भी वह खुश था क्योंकि अब अधिक मजबूत तंबू की निर्मिति करना उसके लिए सरल था।

अब मुख्य प्रश्न यह है कि कठिन परिस्थितियों में भी खुश कैसे रहा जाए? जवाब सरल है... आप कोई मज़ेदार, हँसी से लोट-पोट करनेवाली फिल्म देख सकते हैं, निसर्ग के सानिध्य में टहलने जा सकते हैं, बच्चों के साथ समय बिता सकते हैं। छोटे-छोटे जानवरों से खेल सकते हैं या ऐसा कुछ भी कर सकते हैं, जिससे आपको खुशी हो। वरना समस्या आते ही भाग-दौड़ करने से इंसान की चिंता घटने की बजाय बढ़ जाती है। जब मन में चिंता के विचार हों तब समाधान पर विचार कर पाना मुश्किल ही नहीं बल्कि नामुमकिन सा हो जाता है। इसलिए समस्या के आते ही समाधान खोजने से बेहतर है कि आप खुद को कुछ समय देकर पहले खुश हो जाएँ, फिर समाधान खोजें। ऐसे समय आप पर हुई कृपाओं को, कुदरत से आपको मिली सहायता को याद करें। आपने पहले भी समस्या को सफलतापूर्वक सुलझाया है, आज भी सुलझा सकते हैं, यह विश्वास स्वयं में जगाएँ।

इसी के साथ धन्यवाद के भाव में आ जाएँ। उन सभी चीज़ों के लिए ईश्वर को, कुदरत को धन्यवाद दें, जिनके लिए आपने इससे पहले कभी आभार व्यक्त न किए हों, फिर चाहे वह चीज़ कितनी ही छोटी क्यों न हो। मन में धन्यवाद के भाव जगते ही नकारात्मक विचारों पर लगाम लग जाती है, आप सकारात्मकता से भरने लगते हैं और आपकी चेतना का स्तर ऊपर उठने लगता है। समस्या का समाधान खोजकर उसे विलीन करने के लिए यह बहुत आवश्यक कदम है।

धन्यवाद के भावों में अद्वितीय शक्ति है। इसकी महिमा शब्दों में बयान नहीं की जा सकती... इसका बस अनुभव लिया जा सकता है। धन्यवाद के भाव

कुदरत के साथ आपका तालमेल बिठाते हैं। इससे आप कुदरत से मिलनेवाले मार्गदर्शन के लिए ग्रहणशील हो जाते हैं। कुदरत की गोद में अपनी समस्याओं को समर्पित कर देने से ही समस्या विलीन होने लगती है।

चौदहवाँ उपाय - 'बैकअप' मजबूत करें

अपनी रोज़मर्रा की ज़िंदगी में हम इतने खो जाते हैं कि हमें अपने गुण, लक्ष्य, तत्त्व, चरित्र या आचरण पर मनन करने का खयाल तक नहीं आता। हम अकसर सोचते हैं कि मुझे ऐसे जीना है... मुझे ये करना है... मेरे साथ ऐसा होगा... मेरे परिवारवालों के साथ वैसा होगा... मगर ये सब महज विचारों में रह जाते हैं। हम इन्हें शब्दों में पिरोकर कागज़ पर कभी नहीं उतार पाते। हम अपनी डायरी में यह कभी नहीं लिख पाते कि मेरा आज का दिन किस प्रकार बीता और कल का दिन किस प्रकार बीतना चाहिए। मुझसे आज कौन सी ऐसी गलतियाँ हुईं जो मुझे कल नहीं करनी हैं? ऐसा क्या बेहतर हुआ जो कल ही नहीं बल्कि हररोज़ करते रहना चाहिए?

आपके जीवन में आनेवाली समस्याएँ, तनाव, चिंता, स्वास्थ्य से संबंधित तकलीफें इत्यादि उपरोक्त कदम न उठा पाने की वजह से ही होती हैं। क्या करना चाहिए, किस तरह करना चाहिए यह केवल सोचने से मनचाहा परिणाम नहीं आएगा। लेकिन जब आप यही विचार लिखकर रखते हैं, अपने लक्ष्यों को हर बार याद करते हैं तब आपके मन में क्या करना है, यह साफ होता जाएगा। आपको अपना दिन कैसे बिताना है, यह आसानी से तय कर पाएँगे। साथ ही, आपका मन अनावश्यक विचारों से मुक्त होता जाएगा, खाली होता जाएगा। इसके फलस्वरुप नए और बेहतर विचारों के लिए जगह बनती जाएगी। इस पूरी प्रक्रिया को 'अपना बैकअप बनाना' कहा जा सकता है।

अगर आपने अपनी डायरी में साफ-साफ लिखा है कि असल में आप क्या चाहते हैं तो कुदरत आपके इन्हीं कल्पानाओं से, आपके बैकअप से चीज़ें लेकर आपके समक्ष प्रस्तुत करेगी।

अगर आपने अपना बैकअप नहीं बनाया है तो कुदरत भ्रमित हो जाती है कि आपको आखिर क्या चाहिए? फिर वह भूतकाल के आपके चुनावों को ध्यान में रखते हुए ही भविष्य की घटनाएँ प्रस्तुत करती है। आज आपका स्वभाव भूतकाल के स्वभाव की तुलना में बदल चुका होगा मगर चूँकि आपने कुदरत को अपने नए स्वभाव के बारे में कुछ बताया ही नहीं, इस वजह से वह भूतकाल को ही दोहराती है। इसीलिए कई लोगों को यह सवाल सताता है कि 'ऐसा मेरे साथ ही क्यों होता है!' अगर आप चाहते हैं कि आपके साथ ऐसा न हो तो आपको इसके बदले में क्या चाहिए, यह कुदरत को स्पष्ट बताना आवश्यक है। वरना कुदरत आपके पुराने पिटारे से ही चीज़ें निकालकर आपको देगी।

आप दिनभर टी.वी. देखते हैं, लोगों से मिलते हैं, वर्तमान पत्र पढ़ते हैं, किसी न किसी जरिए से आपको दुनियाभर की जानकारी मिलती रहती है। मगर क्या आपने कभी मनन किया है कि इनमें से कितनी प्रतिशत जानकारी सकारात्मक होती है और कितनी प्रतिशत नकारात्मक? आपको मिलनेवाली सारी नकारात्मक जानकारी की वजह से आप अनजाने में, बेहोशी में कुछ ऐसी प्रार्थनाएँ कर बैठते हैं, जिनकी वजह से आपको भविष्य में समस्याओं का सामना करना पड़ता है।

उदाहरण के तौर पर कोई लड़की टी.वी. पर किसी और लड़की पर अत्याचार होते हुए देखती है और भावनाओं के बहाव में आकर कह देती है, 'मैं इसकी जगह होती तो ऐसा करती!' ऐसी पंक्तियाँ दोहराकर वह लड़की खुद के लिए अत्याचार की समस्या को आमंत्रित करती है ताकि टी.वी. पर दिखाई गई लड़की की तुलना में अलग व्यवहार करने की उसकी इच्छा पूर्ण हो। आपकी अलग व्यवहार करने की इच्छा को ही कुदरत आपका बैकअप समझ लेती है। उपरोक्त की भाँति बार-बार दोहरानेवाली पंक्तियों पर कुदरत को यह पक्का हो जाता है कि आपको जीवन में अत्याचार ही चाहिए। इसलिए आप क्या दोहरा रहे हैं, टी.वी. पर किस प्रकार के कार्यक्रम देख रहे हैं, इसके प्रति आज से ही नहीं बल्कि अभी से, इसी वक्त से सजग हो जाएँ।

अपने विचारों को सजगतापूर्वक बदलकर आप समस्याओं को उत्पन्न होने से पूर्व ही विलीन कर सकते हैं। अगर आप पहले ही सकारात्मक और उच्च चेतना के दृष्टिकोण से अपना बैकअप बनाएँगे तो आपके जीवन में भी सकारात्मक घटनाएँ ही आएँगी। यहाँ, विचार नियम आपके जीवन में कार्य करता है– 'विश्व

में किसी भी वस्तु का प्रकट निर्माण होने से पहले उसका निर्माण सोर्स के द्वारा विचारों में होता है।' इसलिए कुदरत को स्पष्ट रूप से बताएँ कि आपको क्या चाहिए।

फेथ-फेअर बुक

अपना बैकअप मजबूत बनाने में फेथ-फेअर बुक आपका मददगार साबित होगा। यह पुस्तक सिर्फ एक डायरी नहीं बल्कि आपकी साथी होगी। पहले आप इस पुस्तक की रचना करेंगे और फिर यह आपके जीवन की रचना में मुख्य किरदार निभाएगी। फेथ-फेअर बुक में आप अपना बैकअप छोटी-छोटी बारीकियों को ध्यान में रखते हुए लिख सकते हैं।

अपने लक्ष्यों को लिखकर रखने से उन तक पहुँचने की आपकी गति बढ़ जाती है। लिखना एक प्रकार से कुदरत के समक्ष यह ऐलान करना है कि आपको क्या चाहिए। लिखने से आपके लक्ष्य को बल मिलता है, आपको अपना लक्ष्य हर दिन, हर क्षण याद रहने की संभावना बढ़ती है। फेथ-फेअर बुक लिखने से आपका मन भी सफलता के लिए तैयार होता है। इससे कुदरत को यह संकेत मिलता है कि आप अपने लक्ष्य के प्रति निष्ठावान और समर्पित हैं। परिणामतः कुदरत आपका लक्ष्य जल्द से जल्द पूरा करने में आपकी सहायता करती है। लिखने की क्रिया में आपके हाथ, आपकी आँखें और आपका मस्तिष्क सहभागी होते हैं। ज़्यादा से ज़्यादा इंद्रियाँ लिखने की क्रिया में सहभागी होने की वजह से आपके लक्ष्य को अधिक बल प्राप्त होता है।

अगर आपके मन में आपके लक्ष्य से संबंधित एक साफ चित्र न हो तो लक्ष्य पूर्ति में अधिक समय और मेहनत लेनी पड़ेगी। लेकिन अगर आपके मन में आपके लक्ष्य का चित्र स्पष्ट है तो आपका विश्वास बढ़ेगा, आपकी इच्छा शक्ति अधिक बलवान होगी।

लिखने के पश्चात, अपनी फेथ-फेअर बुक बार-बार पढ़ना भी उतना ही आवश्यक है, जितना कि लिखना। अपने लक्ष्य समय-समय पर पढ़ने से उन्हें पूरा करने के लिए आवश्यक रचनात्मकता भी बढ़ेगी। पढ़ने के साथ-साथ कुछ समय इन लक्ष्यों पर मनन भी करें। पढ़ते समय इन लक्ष्यों को पूर्ण विश्वास के साथ पढ़ें। फिर आँखें बंद करके अपने लक्ष्य पूर्ण होने के बाद की अवस्था में

अपने आपको देखें। लक्ष्य पूर्ण होने की संतुष्टि (भावना) को महसूस करें। कुछ देर इसी अवस्था में रहने की सहज कोशिश करें।

आप अपने जीवन के पाँचों स्तरों के लिए बैकअप नीचे दिए गए उदाहरणों के आधार पर दे सकते हैं।

१. शारीरिक स्तर

▸ मुझे संपूर्ण स्वास्थ्य चाहिए ताकि मैं तेजी से अपने लक्ष्य की ओर बढ़ पाऊँ।

▸ मैं रोज़ व्यायाम करना चाहता हूँ ताकि मेरी रोग-निरोधक शक्ति बढ़ती रहे और मैं एक स्वस्थ शरीर के साथ ईश्वर की अभिव्यक्ति कर पाऊँ।

▸ मैं स्वास्थ्यवर्धक खाना, खाना चाहता हूँ ताकि मेरे शरीर के सभी अवयव बढ़िया तरीके से उम्रभर कार्यरत रहें।

▸ मैं थकने से पूर्व ही आराम करना सीख जाऊँ ताकि मेरी कार्यक्षमता बढ़ती रहे।

२. मानसिक स्तर

▸ मैं सजगतापूर्वक सकारात्मक विचारों को चुनता हूँ ताकि मैं जीवन के उच्चतम चीज़ों के लिए सदा ग्रहणशील रह सकूँ... ताकि मेरे विचार मेरे साथ-साथ मेरे आस-पास के लोगों को भी सरल मगर शक्तिशाली जीवन की निर्मिति में सहायक सिद्ध हों।

▸ मैं हर रोज़ नित्य-नए गुणों को आत्मसात कर रहा हूँ ताकि मेरी कार्यक्षमता बढ़े और मैं औरों को भी गुण आत्मसात कर पाने में मदद कर सकूँ।

▸ मैं सभी गलत आदतों और धारणाओं से मुक्त हो रहा हूँ ताकि मैं एक सुखी जीवन जी सकूँ और औरों के जीवन में भी सुख लाने में निमित्त बनूँ।

३. सामाजिक स्तर

▸ मेरे सभी के साथ आदर्श रिश्ते बन रहे हैं ताकि हम एक-दूसरे की प्रगति में मददगार साबित हो सकें।

- मेरे सभी काम समय पर पूर्ण हो रहे हैं ताकि मैं व्यक्तिगत और व्यावसायिक जीवन का लुफ्त उठा सकूँ और हमेशा खुश एवं संतुष्ट रहूँ।
- मेरे सभी सहकर्मचारी विश्वसनीय और समर्पित स्वभाव के हो रहे हैं ताकि हम मिलकर बेहतर तरीके से कार्य कर पाएँ।

४. आर्थिक स्तर

- मेरे पास आवश्यक उतना पैसा आ रहा है ताकि मैं आर्थिक चिंताओं से मुक्त रहकर जीवन के मूल लक्ष्य पर ध्यान दे पाऊँ।
- मुझे पैसे निवेश करने के आवश्यक और उच्चतम मार्ग मिल रहे हैं ताकि मेरे पास अव्यक्तिगत कार्यों के लिए पर्याप्त पैसा हो।

५. आध्यात्मिक स्तर

- मैं गुरु से निरंतर मार्गदर्शन पा रहा हूँ ताकि मैं अपने हृदयस्थान से जुड़ा रहूँ और अपने विकारों से मुक्त होता जाऊँ।
- मैं निरंतर ध्यान-मनन कर रहा हूँ ताकि मेरी चेतना का स्तर बढ़ता रहे।
- मैं हर पल वर्तमान में रह रहा हूँ ताकि मैं जीवन के हर पल का आनंद ले सकूँ और भूत-भविष्य की चिंता से मुक्त रहूँ।
- मैं ऐसी दुनिया में रह रहा हूँ जहाँ सब कुछ भरपूर है ताकि सभी प्रेम, आनंद, मौन की अभिव्यक्ति कर सकें।

इनके अलावा आप लोगों के भीतर छिपे गुणों का निरीक्षण करें और कुदरत को यह बताएँ कि ये सभी गुण मुझमें भी उतर रहे हैं, मैं सकारात्मकता से भर रहा हूँ। इस तरह अपने आस-पास सकारात्मकता देखें और फैलाएँ। इससे आपके बैकअप को अधिक बल मिलेगा।

पंद्रहवाँ उपाय- प्रार्थना और ध्यान

कभी-कभी आपको समाधान तो मिल जाता है मगर यह समाधान पूर्ण नहीं

होता। अतः आपकी समस्या इस समाधान से पूरी तरह नहीं सुलझती है। आपकी उलझी हुई भावनाओं की वजह से यह होता है, इसमें कोई संदेह नहीं। ऐसे समय आप पिरामिड तकनीक का इस्तेमाल कर सकते हैं। प्रार्थना और ध्यान इसी पिरामिड तकनीक का हिस्सा हैं। इसमें आप पहले प्रार्थना करते हैं और फिर ध्यान में बैठते हैं। ध्यान करने से आपके मन की व्याकुलता, चिंता और तनाव मिट जाते हैं, आपका मन शांत हो जाता है। मन की इस शांत अवस्था में पहुँचकर ही आपको समस्या का समाधान खोजना है।

प्रार्थना की शक्ति

प्रार्थना करने से केवल शारीरिक और मानसिक ही नहीं बल्कि आध्यात्मिक प्रगति की राह में आनेवाली बाधाएँ भी मिट जाती हैं। प्रार्थना करते समय आपको सोर्स से प्रार्थना करनी है। इसे समझें, अगर आपके घर पानी नहीं आ रहा है तो पानी आ जाए यह प्रार्थना आप नल से नहीं बल्कि टंकी से करें। क्योंकि असल में पानी नल से नहीं बल्कि टंकी से आता है। इसका अर्थ यह है कि अगर किसी समस्या को सुलझाने के लिए आपको किसी के मदद की आवश्यकता है तो मदद की प्रार्थना किसी इंसान से नहीं बल्कि ईश्वर या कुदरत से करें क्योंकि कोई इंसान सिर्फ जरिया बनता है, असल में तो ईश्वर ही आपको मदद कर रहा होता है।

प्रार्थना के साथ-साथ अपने मन में विश्वास जगाएँ कि ईश्वर ही आपकी समस्या सुलझाएगा और अपनी उम्मीद को कायम रखें कि आपकी समस्या जल्द से जल्द सुलझ जाएगी। जब आप पूर्ण विश्वास के साथ प्रार्थना करेंगे तब आपकी प्रार्थना पूरी करने के लिए कुदरत के चक्र तुरंत घूमने लगते हैं। लेकिन अगर आपका अपनी प्रार्थना से विश्वास डगमगाता है तो चक्र फिरना बंद हो जाता है और आपको अपनी समस्या का समाधान मिलना मुश्किल हो जाता है। जब आपका विश्वास फिर से जगता है तब चक्र फिर से घूमने लगते हैं। अर्थात आपकी समस्या का समाधान आपको कब मिलेगा यह पूर्णतः आपके विश्वास पर निर्भर करता है।

इसलिए अपने अहंकार को छोड़ प्रार्थना की शक्ति का उपयोग करें। हर घटना में, सुखद या दुःखद प्रार्थना करें। दुःखद घटना में यह प्रार्थना करें कि यह दुःख जल्द से जल्द विलीन हो और सुखद घटना में यह प्रार्थना करें कि अगर

सुख के बाद दुःख आता है तो मैं उस दुःख का भी सामना खुशी-खुशी कर पाऊँ। जब किसी समस्या में कुछ न सूझे तब पूर्ण समर्पण से केवल प्रार्थना करें।

अपने विचारों को देखें- ध्यान साधना

प्रार्थना करने के पश्चात ध्यान में बैठें ताकि आप ईश्वर का मार्गदर्शन पाने के लिए ग्रहणशील हो जाएँ। आइए, एक महत्वपूर्ण ध्यान के बारे में जानें। ध्यान-विधि पढ़ने के पश्चात यह ध्यान अवश्य करें।

इस ध्यान का मुख्य उद्देश्य है आपके विचारों को शक्तिहीन करना। विचारों में शक्ति होती है क्योंकि हम उन्हें महत्त्व देते हैं। उनकी शक्ति छीनने के लिए हर विचार को केवल 'नेक्स्ट' बोलना है। आपका एक विचार एक या दो सेकंड से ज़्यादा नहीं टिकना चाहिए। आइए, ध्यान की शुरुआत करें।

अपनी आँखें बंद करके ध्यान की अवस्था में बैठें।

१. अगर आप पहली बार ध्यान कर रहे हैं तो आपको आरामदायक लगनेवाली अवस्था में बैठें।

२. अब अपने हर विचार को आते हुए देखें। विचारों को केवल देखना है, उन पर न ही मनन करना है और न ही चिंता।

३. बस अपने विचारों को आते हुए और विलीन होते हुए देखें। इन्हें नैसर्गिक तौर से बस आने दें और जाने दें। किसी भी विचार से कोई लगाव न रखें।

४. हो सकता है कि कुछ विचार सकारात्मक हों, कुछ नकारात्मक, कुछ विचार काम से संबंधित भी हो सकते हैं या कुछ विचार बिना किसी ठोस विषय के आ सकते हैं। आपको हर विचार के बाद बस 'नेक्सट' कहना है।

५. 'नेक्स्ट' कहने से विचारों की शक्ति नष्ट हो जाती है और ये विचार स्वतः विलीन हो जाते हैं। 'नेक्स्ट' कहने से आपकी सजगता भी बढ़ती है, आप दो विचारों के बीच के समय को भी देख पाते हैं। दो विचारों के बीच का यह समय एक सेकेण्ड से कम भी हो सकता है मगर समय को बाधा न बनाते हुए इस समय पर ध्यान लगाने की कोशिश करें।

६. समय के साथ आप देखेंगे कि कोई विचार नहीं आ रहा है और बस दो विचारों के बीच का समय गुजर रहा है।

७. ध्यान रहे, अगर आपको यह विचार आए कि अब कोई विचार नहीं आ रहा है तो इस विचार को भी 'नेक्स्ट' कहें।

८. अगर आप दो विचारों के बीच का समय नहीं पकड़ पा रहे हैं तो चिंतित होने की कोई ज़रूरत नहीं है। अगले विचार को उभरते हुए देखें। निर्धारित समय के लिए ध्यान करें और धीरे-धीरे आँखें खोलें।

अगर ध्यान करने के पश्चात आपको मनचाहा परिणाम नहीं मिलता है तो निराश होने की आवश्यकता नहीं है। इस ध्यान का उद्देश्य विचारों को शक्तिहीन करना है। इसलिए इन्हें इस तरह देखें कि मानो ये आसमान के बादल हों, जो समय के साथ विलीन हो जाते हैं। यदि कोई विचार है तो वह आपके दुःख का कारण न बने। साथ ही, बादलों के आने से सूर्यकिरणें छिप सकती हैं मगर आप जानते हैं कि सूर्य वही है। इसी तरह विचारों के आने से आपकी खुशी छिप सकती है मगर अब आप जानते हैं कि खुशी वही है बस बादलों को हटाना आवश्यक है।

यह ध्यान आप जब चाहें तब कर सकते हैं। इससे आपकी सजगता एवं चेतना बढ़ती जाएगी और आपकी प्रार्थनाएँ भी आसानी से पूरी होने लगेंगी।

सोलहवाँ उपाय- विश्वास और भक्ति बढ़ाएँ

कुछ समस्याएँ आने से लोगों का विश्वास डगमगाने लगता है। कुछ लोगों का विश्वास इस हद तक टूट जाता है कि वे नास्तिक बन जाते हैं, भगवान की भक्ति उन्हें व्यर्थ लगने लगती है। ऐसे समय सत्य का श्रवण करें यानी कुछ ऐसा सुनें, पढ़ें, देखें या कुछ भजन गाएँ, जो आपके विश्वास को फिर से जगाए। आप पर हुई कृपाओं को याद कर, धन्यवाद के भाव में आ जाएँ। समस्या के बवंडर में अटके होने के बावजूद जब आप अपना विश्वास, अपनी भक्ति कायम रख पाते

हैं तब कुदरत आपको ऐसा करने के अधिक मौके प्रदान करती है। परिणामतः आपकी समस्या की ताकत मिटने लगती है। इस बात में कोई संदेह नहीं कि जब विश्वास कमज़ोर होता है तब समस्या बलवान होती है और जब विश्वास बलवान होता है तब समस्या कमज़ोर होती है। समझदारी इसी में है कि आपके विश्वास का बल बढ़ाया जाए।

विश्वास की शक्ति

पृथ्वी पर जन्म लेनेवाले हरेक इंसान के लिए अगर कोई एक गुण ऐसा है, जो सर्वोत्तम कहलाया जा सकता है तो वह है विश्वास। आपका विश्वास खोखला होगा तो वह किसी काम का नहीं है। जीवन एवं कुदरत की ताकत पर आपको पक्का विश्वास होना चाहिए। अगर आप विश्वास पर कार्य करेंगे तो विश्वास आपके लिए कार्य करेगा। विश्वास दिल से किया जाता है, दिमाग से नहीं। विश्वास की शक्ति तर्क-वितर्क से नहीं समझी जा सकती। विश्वास के जगते ही आपकी समस्या सुलझने की संभावनाएँ कई गुना बढ़ जाती हैं। अगर आपके मन में विश्वास हो कि आप मंजिल पा सकते हैं तो आप राह में आनेवाली हर मुश्किल का सामना आसानी से कर पाएँगे।

विश्वास वह शक्ति है जो आपको असीम तक ले जाने की ताकत रखती है। विश्वास हो तो ही एक सुंदर भविष्य को वास्तविकता में लाया जा सकता है। विश्वास आपको उस चुंबक में तबदील कर देता है, जो जीवन की हर उच्चतम चीज़ को आपकी ओर खींच लाती है। आप जीवन की भरपूरता का अनुभव कर पाते हैं। इसके पश्चात कुदरत ही आपकी हर ज़रूरत का खयाल रखती है।

जब किसी समस्या के आने से आपका विश्वास डगमगाने लगे तो तुरंत सजग हो जाएँ और यह समझ लें कि विश्वास टूटने से आप कुदरत के खिलाफ जा रहे हैं। इसलिए कहा गया है कि समस्या के आने पर दुःखी या चिंतित होने के बजाय खुश होकर, अपनी हॅपी हैट संभालें। अपने विश्वास और उम्मीद को जगाए रखें। परिणामतः आप समस्या को कुछ नया सीखने के दृष्टिकोण से देख पाएँगे।

समस्या के आने पर जब आपका विश्वास डगमगाने लगे तो समझ जाएँ कि यह समस्या आपके विश्वास की परीक्षा लेने आई है। ऐसे समय अगर आप

जीतना चाहते हैं तो विश्वास पर डटे रहें, चिंता के विचार छोड़कर सफलता के विचारों को बढ़ावा दें।

इतिहास के पन्ने पलटेंगे तो आप पाएँगे कि कई लोग ऐसी समस्याओं को सुलझाने में कामयाब रहे हैं। जहाँ भाग जाना (पलायन करना) आसान था, वहाँ उन्होंने अपना विश्वास कायम रखा, जिससे समस्या सुलझ गई।

भक्ति की शक्ति

दिनभर की कई घटनाओं में नकारात्मक भावनाएँ हावी होते रहती हैं, जैसे क्रोध, बोरडम, तुलना, निराशा, अहंकार, डर, अपराधबोध, नफरत, ईर्ष्या इत्यादि। इन भावनाओं के जगने से कोई भी समस्या अधिक उलझते जाती है। कई बार इंसान दिनभर इन भावनाओं के चंगुल में फँसा रहता है और पूरा दिन बरबाद कर देता है। इस तरह की आदतें समय के साथ आपका ही नुकसान करती हैं।

जब उपरोक्त भावनाएँ आपके मन पर हावी होती हैं तब आप सामनेवाले को भूतकाल के चश्मे से ही देखते हैं, अपने अनुमान छोड़कर देख पाना आपके लिए कठिन हो जाता है। परिणामतः अनावश्यक समस्याओं का जन्म होता है। ऐसे में भक्ति की शक्ति ही काम में आती है। भक्ति में रहते हुए आप जान जाएँगे कि 'ईश्वर की इच्छा के बिना एक पत्ता भी नहीं हिलता और अगर ईश्वर चाहता है कि मेरे साथ ऐसा हो तो इसके पीछे ज़रूर कोई न कोई महत्वपूर्ण उद्देश्य होगा। यह समस्या मुझे ज़िंदगी का बड़ा सबक सिखाने आई है।'

इस तरह अपना दृष्टिकोण बदलने पर आप हर समस्या को उपहार के रूप में ले पाते हैं। अर्थात विश्वास और भक्ति जगी होगी तो आप खुशी-खुशी हर समस्या का सामना कर पाते हैं। साथ ही समस्या में शांत रहकर मनन करते हैं और आवश्यक कदम भी उठाते हैं। भक्ति में इतनी ताकत होती है कि भक्ति जगने से आप अपनी पुरानी आदतें छोड़, नए कदम उठाने के लिए तैयार हो जाते हैं। भक्ति ने ही तो असंत रत्नाकर को महर्षि वाल्मीकि बनाया था!

अतः जब भी कोई ऐसी समस्या जगे, जिसका हल खोजना आपको मुश्किल लग रहा हो तब तुरंत भगवान या अपने आदर्श का नाम जपना आरंभ

करें, उनका सिमरन और ध्यान करें। ऐसा करने पर आपको सतानेवाली चिंता धीरे-धीरे मिटने लगेगी। साथ ही विश्वास, भक्ति और उम्मीद जगने लगेंगे। भक्ति में रहनेवाला इंसान मौत के घाट से भी वापस लौट आ सकता है, छोटी-मोटी समस्याएँ सुलझाना तो भक्ति के बाएँ हाथ का खेल है।

सत्रहवाँ उपाय - डी. एस. मास्टर बनें

जब आसमान में घने काले बादल छा जाते हैं तब हम सूरज को देख नहीं पाते हैं। लेकिन अगर हम इन बादलों के ऊपर उठेंगे तो साफ सुनहरा आसमान देख पाएँगे। इसी तरह अगर आपके जीवन में समस्या के काले बादल छा जाएँ तो याद रखें कि इन बादलों के पार सुनहरा आसमान है।

जरा मनन करें, जब आप वर्तमानपत्र पढ़ते हैं या टी.वी. देखते हैं तब क्या होता है? आप नकारात्मकता में फँस जाते हैं। भले आप इन नकारात्मक विचारों को अधिक समय के लिए मन में न रखते हों मगर ये अपना काम कर चुके होते हैं। कई लोगों का यह मानना है कि जो आँखों से दिख रहा हो, उसी पर विश्वास करना चाहिए। ऐसे लोगों को जब तक कोई चीज़ न दिखाई जाए वे विश्वास नहीं कर पाते हैं। वास्तविकता तो यह है कि आप जिस चीज़ पर यकीन करते हैं, उसके अस्तित्त्व के सबूत आपको मिलते जाते हैं। अगर आपका विश्वास कहता है कि दुनिया में अच्छे लोगों की कमी है तो आपको बुरे लोग ही मिलेंगे।

याद रखें, आप दिनभर जो भी देख रहे हैं वे दृश्य सत्य नहीं बल्कि एक 'दिखावटी सत्य' है। फिर चाहे वे दृश्य भूकंप, अकाल, असफलता, बीमारी और गरीबी, नकारात्मकता के हों या साधारण से ट्रैफिक के हों... सब दिखावटी सत्य है। इसे डी.एस. कहा जाता है। ऐसा कहना गलत नहीं होगा कि ये सभी आपके भ्रम हैं, ऐसी चीज़ें हैं जिन्हें देखकर वे सत्य घटनाएँ लग सकती हैं मगर ऐसा है नहीं!

समस्याएँ आपको डी.एस.को सच मानने पर मजबूर कर सकती हैं मगर आपको अंत तक डटे रहना है कि ये सत्य नहीं बल्कि एक दिखावटी सत्य है।

डी.एस. में अटककर इंसान इन विचारों में खोता है कि 'जीवन कितनी कठिनाइयों से भरा हुआ है! मेरा काम कैसे पूर्ण हो पाएगा? मेरे साथ ज़रूर कुछ न कुछ बुरा होनेवाला है... हिंसा भी तो बढ़ती जा रही है... सरकार भी कुछ नहीं कर पा रही है... आज कल के लोग भी कितने स्वार्थी हो गए हैं... काश! मेरी पत्नी अपने आपको थोड़ा बदल पाती...' आदि।

अगर आपके मन में ऐसे विचार चलते हैं तो आपकी बेहोशी की वजह से ये विचार हकीकत में बदल सकते हैं। साथ ही, डी.एस. पर आधारित नकारात्मक विचार नए विचारों को उभरने से रोक देते हैं। अगर आप नकारात्मक विचारों में विश्वास करेंगे तो नकारात्मकता का ही जन्म होगा। अगर आप सकारात्मकता में विश्वास करेंगे तो सकारात्मकता का ही जन्म होगा। अब आप ही बताएँ कि आपको डी.एस. पर विश्वास करना है या अंतिम सत्य पर?

ऐसे समय खुद को बताएँ कि आप डी.एस. के गुलाम नहीं बल्कि मास्टर (मालिक) हैं। केवल यह पंक्ति याद रखने से आप डी.एस. में विश्वास करने से चूक जाएँगे। वरना डी.एस. पर विश्वास करते ही समस्याओं का जन्म होता है। कई घटनाओं में तो यह देखा गया है कि असल में तो समस्या थी ही नहीं मगर डी.एस. पर विश्वास रखने की वजह से समस्या का जन्म हो जाता है। जब आप डी.एस. की असलियत देख पाते हैं तो समस्या समाप्त हो जाती है।

अतः डी.एस. के पीछे छिपा सत्य देखने की कोशिश करें। अगर आपका ध्यान समस्या की नकारात्मकता पर होगा तो आप उस समस्या से मिलनेवाले उपहार पाने से वंचित रह जाएँगे। प्रेम, आनंद, शांति, भरपूरता, साहस, सफलता, ज्ञान, विश्वास, सहजता, रचनात्मकता, दया, सहनशीलता, संवाद-कौशल, निरंतरता, सामंजस्य इत्यादि दिव्य गुणों में से कुछ गुण हैं, जिनकी अभिव्यक्ति समस्या के आने पर तो पक्की होनी ही चाहिए। अगर आप आनंदित जीवन जी रहे हैं तो इन गुणों की अभिव्यक्ति स्वतः होती ही है। मगर समस्या होने पर आपको सजगतापूर्वक इनकी अभिव्यक्ति करनी है। इसलिए जब भी कोई समस्या आए तो खुद से पूछें- 'मेरे अंदर छिपे कौन से दिव्य गुणों की अभिव्यक्ति करवाने यह समस्या मेरे जीवन में आई है?' ऐसा करने पर इन गुणों में अधिक निखार आएगा।

याद रहे, जब आप समस्या से नहीं डरते तब समस्या आपसे डरने लगती है। इस तरह डी.एस. को अपने दिव्य गुणों की अभिव्यक्ति करने के मौके में बदल दें।

मैचबॉक्स की उचित कीमत

जब आप बाज़ार में माचिस की डिब्बी खरीदने जाते हैं और दुकानदार आपसे कहे कि एक डिब्बी के पाँच रुपए होते हैं तो क्या आप वह माचिस की डिब्बी खरीदेंगे? कोई भी समझदार इंसान एक माचिस की डिब्बी के पाँच रुपए नहीं देगा। आप तब तक वह माचिस की डिब्बी नहीं लेंगे, जब तक दुकानदार उसकी असली कीमत में देने के लिए तैयार न हो जाए।

इसी तरह जब आपका मन किसी घटना को ज़रूरत से ज़्यादा महत्त्व दे तब आपको सजगतापूर्वक उसकी असली कीमत खोजनी है और उस घटना या समस्या को उतना ही महत्त्व देना है, जितना आवश्यक है। जब मन बड़बड़ करे कि 'यह समस्या तो बहुत बड़ी है! इस समस्या से बाहर निकलना मुश्किल है' तब जान जाएँ कि यह मन का डी.एस. है। अब आपको मन की बड़बड़ को नज़रअंदाज़ करके घटना को जितना आवश्यक है, उतना ही ध्यान देना है। खुद से पूछना है कि 'मुझे असल में इस समस्या को कितना समय देने की आवश्यकता है?' इस सवाल का जवाब कपटमुक्त होकर दें। अगर जवाब आता है कि दस मिनट काफी है तो इस समस्या को दस मिनट से अधिक समय न दें, दस मिनट के अंदर ही समस्या को सुलझाने की कोशिश करें। ऐसी आदत डालने से किसी भी समस्या पर ज़रूरत से ज़्यादा समय देना आपको निर्रथक लगेगा।

अठारहवाँ उपाय - समर्पण

एक दृश्य की कल्पना करें, जिसमें एक छोटा बच्चा अपने कमरे में खिलौनों से खेल रहा है। कुछ खिलौने टूट गए हैं, बाकी खिलौने पूरे कमरे में बिखरे हुए हैं। उसके कपड़े, खिलौने, स्कूल बैग, किताबें, पेंट ब्रश, पेन आदि सभी वस्तुएँ हर जगह बिखरी पड़ी हैं। कुछ भी सही ढंग से नहीं है लेकिन जब बच्चा सो जाता

है तब उसकी माँ आकर सारी चीज़ें उठाकर सलीके से रख देती है। इस घटना पर मनन करें कि माँ के समक्ष आई समस्या- कमरे को साफ करना- बच्चे ने इस परिस्थिति में कैसे मदद की? बच्चे ने शांत और नींद में रहकर मदद की। वह खुद सो गया और माँ को अपना कार्य बिना किसी आनाकानी के करने दिया। अगर आपसे कहा जाए कि कुछ समस्याओं को सुलझाने के लिए आपको भी इस बच्चे की तरह बरताव करना है तो क्या आप कर पाएँगे?

यहाँ पर बच्चे का आराम से सो जाना महत्वपूर्ण कौशल दर्शाता है। इसी तरह जीवन की कठिनाइयों में मज़े से गुज़रने का सबसे शक्तिशाली तरीका है- समर्पण... जीवन की बहती धारा के प्रति समर्पण। ये बातें बुद्धि और तर्क से नहीं समझी जा सकतीं। मन तुरंत अपनी टाँग अड़ाएगा लेकिन बिना कुछ किए, मात्र समर्पण से किसी भी समस्या का हल आ सकता है।

आज तक समर्पण इस शब्द को बहुत ही गलत समझा गया है। संपूर्ण समर्पण से कैसे-कैसे आश्चर्य हो सकते हैं, यह तर्क-वितर्क करनेवाली बुद्धि के परे की बात है। समपर्ण को किसी चीज़ या इंसान की ज़रूरत के अधीन होना समझा जाता है, जिस वजह से इसे कमज़ोरी एवं पराजय के रूप में देखा जाता है।

जबकि समर्पण असीमित शक्ति का प्रवेश द्वार है। यह आपकी उच्चतम संभावनाओं को खोल देता है, जो आपके जीवन में प्रकट हो सकती हैं। संपूर्ण समर्पण की अवस्था अपने आपमें एक परिपूर्ण अवस्था है। जब सीमित बुद्धि समर्पित होती है तब जीवन के प्रसंग ऐसे संभल जाते हैं, जैसे आपने एक हाथी को माचिस की तीली दे दी हो और हाथी उसे बड़ी आसानी से संभाल रहा है।

अज्ञान और बेहोशी के रहते लोगों को लगता है कि वे खुद अपने लिए कार्य कर रहे हैं और उनका अस्तित्व ईश्वर से पूर्णतः अलग है। मगर समर्पण के द्वारा पता चलता है कि हम जीवन के कुल-मूल उद्देश्य के लिए मात्र निमित्त का कार्य कर रहे हैं।

चेतना जीवन का केंद्र है, इसे ईश्वर, सेल्फ, सेल्फ की उच्चतम अवस्था आदि भी कहा जाता है। सेल्फ हम सभी के अंदर कार्यरत है। अपना दृष्टिकोण

सही रखने से अर्थात जब हम अपने विचारों, अपनी श्वास तथा खुद के प्रति पूरी तरह से जागरूक हैं तो हम जीवन के केंद्र को अपने भीतर जीते हुए जान सकेंगे। अंतिम सत्य तो यही है कि हम स्रोत से अलग नहीं हैं।

इंसान को लगता है, 'जो भी इस त्वचा के अंदर है, वही मैं हूँ और जो भी त्वचा के बाहर है, वह मैं नहीं' तो इसका अर्थ वह इंसान खुद को नहीं पहचान रहा है। हमें लगता है कि हम जीवन जी रहे हैं मगर सत्य तो यह है कि चेतना ही 'मेरा जीवन' नामक, इस कहानी को जी रही है।

जब इंसान खुद को जीवन के केंद्र से अलग मानता है तब वह जीवन-मरण तक सीमित हो जाता है। समर्पण के साथ जब इंसान एकरूप होता है तब वह अपने अंदर जीवन को खिलने-खुलने देता है। उसके द्वारा जीवन अपनी अभिव्यक्ति करता है। इसलिए हम जीवन का निर्धारण कैसे करें, यह सोचने के बजाय और समस्याओं की तार्किक सीमाओं में रहने के बजाय अपनी चेतना रूपी झरने से समाधानों को स्वतः बाहर निकलने की अनुमति दें।

अब आप पूछेंगे, 'इसका क्या अर्थ है? क्या हमें उस मुक्त प्रवाह के साथ बहते हुए जाना है? फिर तो हम हवा में उड़ते हुए पत्तों की भाँति यहाँ-वहाँ घूमते रहेंगे।' जबकि ऐसा नहीं है। जब आपको स्रोत की विशालता का बोध होगा तब असली आज़ादी की अवस्था प्राप्त होगी। जब आप ईश्वर, सेल्फ, स्रोत के प्रति समर्पित होते हैं तब आपको एक नया नज़रिया मिलता है, जिससे आपको जीवन रूपी खेल का रहस्य समझ में आने लगता है। इससे आप अपने जीवन को रचनात्मक दिशा दे सकेंगे।

आज की अत्यंत तेज व दौड़भरी दुनिया में इंसान को बहुत सारा तनाव, दुःख, व्याकुलता और संघर्ष का अनुभव करना पड़ता है। लेकिन समर्पण से हर तरह का संघर्ष जीवन से निकल जाता है। जीवन खुलने लगता है। आपके द्वारा सबसे शक्तिशाली सृजनात्मकता का गुण स्वयं को अभिव्यक्त करने लगता है। आपकी समस्याओं के बेहतरीन से बेहतरीन समाधान (उपाय) मिलने लगते हैं।

बच्चे के उदाहरण से आपने जाना कि किस तरह बच्चा समर्पित होता है तो सारे कार्य अपने आप होने लगते हैं। आप भी बच्चे का अनुकरण कर, शांत रहें।

कुदरत, ईश्वर के अस्तित्व के प्रति पूर्णतः समर्पित हो जाएँ। अपने जीवन पर एक नज़र डालें, रिश्ते-नाते, स्वास्थ्य, धन, आस-पड़ोस, देश आदि से संबंधित न जाने कितनी समस्याएँ हैं। वे सभी बच्चे के खिलौनों की तरह ही बिखरी पड़ी हैं। जब आप यह जान जाते हैं कि सभी समस्याओं के हल खोजने का उच्चतम तरीका समर्पण है तब आप कुदरत (स्रोत) को कार्य करने का मौका देने लगते हैं।

उपरोक्त समझ मिलने के पश्चात सोचें, यदि आपके शांत रहने से कार्य बेहतर होते हैं तो स्रोत को अनुमति दें कि वह अपना कार्य करे। आप उसे जीवन के हर पहलू- शारीरिक, मानसिक, सामाजिक, आर्थिक, भावनात्मक और आध्यात्मिक तौर पर खुलने, अभिव्यक्त होने की अनुमति दें।' फिर चाहे आपको कुछ करने की इच्छा क्यों न सताए, आप शांत रहना सीखेंगे, अपनी इच्छा को जाने देंगे और बस शांत रहकर घटनेवाली घटनाओं को साक्षी होकर देखेंगे। इससे आपको आश्चर्य होगा कि 'अरे! यह समस्या ऐसे कैसे सुलझ गई! मुझे लगता था कि मुझे कुछ न कुछ करना पड़ेगा मगर मेरे शांत रहने पर भी यह समस्या स्वतः सुलझ गई! ये तो बड़ा आश्चर्य है!'

इस तरह आप ईश्वर पर अपना अटूट विश्वास रख पाते हैं और उसे अपने माध्यम से कार्यरत होने देते हैं। क्योंकि अब आपने अपनी ज़िम्मेदारी ईश्वर के बेस्ट हाथों में सौंप दी है। इसलिए अब आपको चिंता करने की बिलकुल भी आवश्यकता नहीं है। अपने पसंदीदा परिणाम न मिलने के बावजूद आपके सामने प्रकट होनेवाले हर तरह के परिणामों के लिए आप खुले हुए हैं।

बहुत से लोग बताते हैं कि उन्हें समर्पण के इस सूत्र से कितने लाभ मिले हैं। उन्होंने अपनी समस्याएँ पूर्ण रूप से इस दृढ़ता से समर्पित कर दी हैं कि परम चेतना कभी भी डगमगा नहीं सकती। वे लोग शारीरिक श्रम के बावजूद मानसिक रूप से बहुत शांत रहते हैं। उनकी इस आंतरिक आरामदायक अवस्था की वजह से उनके सारे कार्य सही जगह पर, सही तरीके से होते हैं।

अंतिम भाग

आपकी समस्याओं को विलीन करने का श्रेष्ठ उपाय

अब तक हमने १८ उपायों के बारे में जाना, जो आपकी समस्याओं का हल बता सकते हैं। अब हम सबसे श्रेष्ठ समाधान के बारे में जानेंगे। यह न सिर्फ आपकी समस्याओं को हल करेगा बल्कि उन्हें पूरी तरह से विलीन कर देगा। आपको आश्चर्य होगा कि यह कैसे संभव है? जी हाँ! जब हम अपने भीतर स्रोत का अनुसरण करना शुरू करेंगे तब यह संभव हो सकता है।

स्रोत क्या है यह समझने के लिए आपको जानना होगा कि असल में आप कौन हैं। क्या आप यह भौतिक शरीर हैं, आपके हाथ-पैर, चेहरा, गर्दन, पेट, पीठ, टाँगें, क्या यही आप हैं? ध्यान से देख, मनन करने पर पता चलेगा कि हम यह शरीर नहीं हैं। क्योंकि हम अपने शरीर को अपनी आँखों से देख पाते हैं। इसका अर्थ- 'जिसे देखा जा रहा है, वह देखनेवाला नहीं हो सकता।'

तो क्या आप मन हैं? निरंतर बहनेवाला विचारों का झरना, क्या यही आप हैं? अगर आप ध्यान में स्वयं को जानने का प्रयास करेंगे तो आप अपने अंदर चल रहे विचारों को भी खुद से अलग होकर देख सकेंगे। आप चाहें तो कुछ पल रुककर अपने विचारों को देखें व जानें कि किस तरह वे अंदर उठ रहे हैं और फिर से अपने अंदर ही विलीन हो रहे हैं। थोड़े अभ्यास के साथ आप जान जाएँगे कि आप अपने भीतर चलनेवाले विचार नहीं हैं, न ही आप एक 'मन' नामक

सोचनेवाली मशीन हैं बल्कि यह मशीन एक साधन है, जिसका आप इस्तेमाल करते हैं। आप अपने विचारों एवं मन के जानकार हैं। इतना ही नहीं यही जानने की क्रिया दो विचारों के बीच के अंतराल में भी हो रही है। इस निरंतर जानने की क्रिया को होश, जाग्रति या चेतना नाम दिया गया है। यही जाग्रति जीवन का सार (स्रोत) है और यही हर चीज़ का उद्‌गम स्थान भी।

वास्तव में आप स्रोत हैं, जो शरीर और मन से परे है। इसे ही अपने होने का एहसास कहा गया है, जो सतत् रहनेवाली जागरूकता है। यह वह अजपा जाप है जो निरंतरता से, बिना रुके चल ही रहा है। जब चेतना, चेतना पर लौटती है, अर्थात जब आपको अपनी वास्तविकता का, अपने असली स्वरूप का बोध होगा तब आप उस परम आनंद का अनुभव कर सकेंगे। वह आनंद जो असीम है, बेशर्त है, जो किसी घटना पर अवलंबित नहीं है।

जब तक हम अपने स्रोत के संर्पक में नहीं आते, उसका लाभ नहीं उठाते तब तक हमारा दृष्टिकोण सीमित ही रहेगा। हम जो देखते हैं, उसे ही सच मान लेते हैं। परिणामतः हमें नवीनता दिखनी बंद हो जाती है क्योंकि हम घटनाओं को अपनी मान्यताओं और धारणाओं के चश्मे से देखते हैं और उनके प्रति हमारे मन में अवरोध उत्पन्न होता रहता है। देखा जाए तो हमारा विचारशील मन घटनाओं का विरोध करके, उन्हें ज़रूरत से ज़्यादा महत्त्व देता है और यही विरोध अनचाही घटनाओं के टिके रहने का कारण बनता है। असल में समस्याओं का यही मुख्य कारण है। घटना को समस्या समझना ही सबसे बड़ी समस्या है।

कहने का अर्थ मन की लगातार चल रही बड़बड़ ही अपने आपमें असली समस्या है। मन में चल रहे असंख्य विचार हमारे होश को प्रभावित करते हैं, जिस वजह से हम किसी भी घटना को सिर्फ एक घटना की तरह नहीं ले पाते। लेकिन अगर हम इन विचारों को गायब कर दें तो आपको आश्चर्य होगा कि समस्या भी खुद-ब-खुद गायब हो जाएगी।

किसी भी विचार पर आवश्यकता से अधिक ध्यान दिया जाए तो वह वास्तविकता में परिवर्तित होने लगता है, उसे एक आकार, एक रूप मिलने लगता है। आप अपने विचारों से बड़ी आसानी से छुटकारा पा सकते हैं। विचार को मात्र विचार मानकर ही देखा जाए तो कोई समस्या नहीं है। बहुत बार आप एक विचार

को नज़रअंदाज़ कर देते हैं लेकिन किसी अन्य विचार से ऐसे चिपक जाते हैं, जैसे कि उसमें आपके प्राण हों, जबकि ऐसा नहीं है। किसी भी विचार को आसानी से नज़रअंदाज़ किया जा सकता है। जब कभी भी आप किसी अच्छे या बुरे विचार को गंभीरता से लेते हैं तब आपको उस विचार का असर और उससे जुड़ी भावनाओं का एहसास होने लगता है।

जब हमें यह मालूम होगा कि हम अपने विचारों के द्वारा सोच-सोचकर खुद को भावनात्मक रूप से प्रताड़ित करते हैं तब हमारी मुक्ति की शुरुआत होगी। जब हम सभी विचारों को विचार की तरह देख पाएँगे तब हमें पता चलेगा कि हम खुद ही अपने विचारों का स्रोत हैं और विचार शक्तिहीन हैं, वे हमें हानि नहीं पहुँचा पाएँगे। सभी समस्याएँ हमारे विचारों से निर्मित होती हैं। हम ही उनका निर्माण करते हैं और उन्हें ज़रूरत से ज़्यादा बड़ा बनाकर खुद के सामने प्रस्तुत करते हैं। फलतः खुद ही उसमें उलझ जाते हैं। यदि हम अपनी ही सीमित सोच की सीमाओं से बाहर आकर, अपने मूल स्वभाव (अपने होने) पर लौटेंगे तो हम उस स्रोत का लाभ ले सकेंगे।

साथ ही यह मुख्य समझ अपने जीवन में उतार लें- **चेतना के जिस स्तर पर समस्या आती है, उसी स्तर पर उसका हल कभी नहीं निकल सकता।** उच्च चेतना से, शुद्ध, स्वसाक्षी भाव से देखने पर ही समस्या, समस्या नहीं रहती। वहाँ से आपको अपनी गलत धारणाएँ दिखाई देंगी, जिन्होंने आपकी नज़र और नज़रिए को विकृत कर दिया है। जिसके कारण आपको समस्याएँ ही दिखती हैं।

अपने विचारों को खुद से दूर करते ही आपको अपने भीतर परम मौन का अनुभव मिलेगा। अपने केंद्र पर सतत् जाते रहने से अपनी समस्याओं से भागने के बजाय आप उनसे उचित रूप से निपटने का तरीका सीखने लगते हैं। अपने स्रोत पर रहने से समस्या प्रतीत होनीवाली परिस्थितियों का आप विरोध नहीं बल्कि उन्हें स्वीकार करने लगते हैं। जो भी हो रहा है, उसे बिना किसी विशेष अर्थ लगाए पूरी सजगता के साथ, आनंद रूपी प्रवाह में बहने लगते हैं।

जब आप अलगाव (साक्षी भाव) से घटनाओं को देखते हैं तब उनमें से स्वतः समस्या के समाधान दिखाई देने लगते हैं। कहने का अर्थ- अपने केंद्र पर रहने से आपकी समस्याएँ खुद-ब-खुद विलीन होने लगती हैं, आपको उनका

समाधान ढूँढ़ने की ज़रूरत नहीं पड़ती।

अपने आप पर रहने से आपके विचारों और क्रियाओं में नयापन, ताज़गी, खुशी, रचनात्मकता और प्रेरणा होगी। फिर आप दुविधा, व्याकुलता, अनचाही उत्तेजनाओं से दूर हो जाएँगे और अपने ही विचारों की दलदल में फँसने से बच जाएँगे। इस तरह आप हमेशा खुशी, शांति और सुकूनभरा जीवन जी सकेंगे।

ऐसा भी हो सकता है कि किसी परिस्थिति में आपको कोई कार्य करना पड़े। ऐसे में आप साक्षी भाव से सब जानते हुए कार्य करें, देखें कि आपके शरीर द्वारा कैसे कार्य होते हैं। साथ ही यह भी जानें कि किस तरह किसी समस्या का समाधान स्वतः ही प्रकट हो रहा है। इससे आपको पता चलेगा कि आपकी सही उपस्थिति से अर्थात अपने स्रोत पर रहने से कैसे सब कुछ अपने आप होता है। इस तरह आपको अपने होने अर्थात अपने वास्तविक स्वभाव की दृढ़ता प्राप्त होगी।

जब आप अपनी इस आनंदमयी अवस्था में रहने लगेंगे तब आपको इस बात की चिंता नहीं होगी कि आपके जीवन में क्या-क्या और क्यों हो रहा है बल्कि आप सोचेंगे कि अब मुझे इसके लिए कौन सा नया कदम उठाना चाहिए।

अपने अंदर असीमित आनंद का खज़ाना होने के बावजूद लोग अपना पूरा जीवन तनाव और परेशानियों में गुज़ार देते हैं। उन्हें हर जगह सिर्फ समस्याएँ ही दिखाई देती हैं तो उन्हें यह समझ मिले कि अपनी समस्याओं को मात्र हल नहीं करना है बल्कि उन्हें विलीन होते हुए देखना है। यह बात यदि आपको समझ में आ गई तो आपके सामने जीवन का रहस्य खुल जाएगा।

आइए, अब इसे एक और उदा. से समझें।

मिथिला नरेश राजा जनक को एक रात स्वप्न दिखा, जिसमें वे एक युद्ध लड़ रहे थे। उनकी सेना परास्त हो चुकी थी। राजा युद्ध के मैदान से भाग निकला। भूख-प्यास से बेहाल, राजा जनक थका-हारा घंटों जंगल में दौड़ता रहा। वन में उसे कुछ खाने को मिल गया। वह खाने ही वाला था कि राजा पर एक जंगली सूअर ने हमला कर दिया। राजा चीखा, 'बस! अब और नहीं! और वह नींद से जाग गया। उसने खुद को अपने राजसी शयनकक्ष में सोते हुए पाया।

अब राजा के लिए सब कुछ संदेहस्पद था। क्या वह सपना था या यह सपना है? राजा को बड़ा आश्चर्य लग रहा था कि 'कहीं ऐसा तो नहीं कि मैं असल में युद्ध के मैदान से भागकर वन में भूखा-प्यासा भटक रहा हूँ और अब मैं सपना देख रहा हूँ कि मैं महल में रहकर राजसी ऐश्वर्य भोग रहा हूँ? क्या सच है?'

राजा ने अपने सलाहकारों, राज्य के सभी विद्वान पंडितों को बुलाया और अपना सवाल पूछा मगर कोई भी सही जवाब नहीं दे पाया। अंत में ऋषि अष्टावक्र महल में आए तब उन्हें पता चला कि राज्य के बहुत से पंडितों को सज़ा सुनाई जा रही है।

अष्टावक्र ने राजा को अस्तित्व का सत्य बताया, 'हे राजऋषि बहुत कम लोग होते हैं, जो ऐश्वर्यभरा जीवन जीते हुए जीवन के अंतिम सत्य के बारे में सोचते हैं। आप राजा होने के साथ-साथ एक ऋषि भी हैं। आपको जो प्रश्न आया है, वह बड़ा ही शुभ है। बहुत लोग इस बात को हँसी में उड़ा देना चाहेंगे मगर बहुत कम लोग होंगे, जो वाकई इस प्रश्न की गहराई में जाना चाहेंगे।

अष्टावक्र ने बताया न यह सत्य है न वह, दोनों ही स्वप्न हैं। दोनों ही बदल रहे हैं। आप असल में जो हैं बस वही स्थाई है। आपका केंद्र (हृदयस्थान) ही वह स्थाई स्रोत है। बाकी सब कुछ अस्थाई, संकुचित और असत्य है। जब आप अपने हृदयस्थान का अनुभव करेंगे तब सारा सत्य आपके समक्ष होगा और आपका जीवन स्थाई आनंद, अभेद्य शांति और चेतना के उच्चतम स्तर पर होगा। शंका, तर्क और तत्त्वज्ञान में फँसने से केवल दुःख और अधीरता ही हासिल होगी!

अष्टावक्र के इन विचारों से हम सीखते हैं कि सबसे पहले यह जानना आवश्यक है कि असल में हम कौन हैं? अपने अस्तित्त्व के बारे हमें केवल बुद्धि से नहीं बल्कि अनुभव से जानना है। अपने केंद्र से जुड़ते ही आप समझ जाएँगे कि आपकी समस्या आपकी है ही नहीं! समस्या आपके शरीर और मन से जुड़ी है, आपसे नहीं क्योंकि आप यह शरीर नहीं हैं, आप इस शरीर से अलग हैं। मैं कौन हूँ यह अनुभव से जानने के पश्चात आप समस्याओं को उन लहरों की भाँति देख पाएँगे, जो समुद्र में उठती हैं और स्वतः विलीन हो जाती हैं। समस्याओं को

सुलझाना तो खुशी-खुशी हो सकता है, यह तो आपके केंद्र की अभिव्यक्ति है, ईश्वर के अभिव्यक्ति का मौका है।

इसलिए आज के बाद समस्याओं के आने पर चिंतित या दुःखी होने के बजाय खुश हो जाएँ। इन समस्याओं को सुलझाने का ही नहीं बल्कि विलीन करने का मार्ग खोजें। हर सुलझती समस्या के साथ आपका चरित्र अधिक प्रबल होता जाएगा, आपके गुण निखरते जाएँगे और आपका केंद्र से जुड़े रहना आसान होता जाएगा। आज के पश्चात समस्याओं का समाधान खोजना दुःख का नहीं आनंद का कारण होगा।

∙ ∙ ∙

सरश्री अल्प परिचय

(स्वीकार मुद्रा)

सरश्री की आध्यात्मिक खोज का सफर उनके बचपन से प्रारंभ हो गया था। इस खोज के दौरान उन्होंने अनेक प्रकार की पुस्तकों का अध्ययन किया। अपने आध्यात्मिक अनुसंधान के दौरान उन्होंने लगभग सभी ध्यान पद्धतियों का भी अभ्यास किया। उनकी इसी खोज ने उन्हें कई वैचारिक और शैक्षणिक संस्थानों की ओर बढ़ाया। जीवन का रहस्य समझने के लिए उन्होंने **एक लंबी अवधि तक मनन करते हुए अपनी खोज जारी रखी, जिसके अंत में उन्हें आत्मबोध प्राप्त हुआ।** आत्मसाक्षात्कार के बाद उन्होंने जाना कि **अध्यात्म का हर मार्ग जिस कड़ी से जुड़ा है वह है— समझ (अंडरस्टैण्डिंग)।** उसके बाद उन्होंने अपने तत्कालीन अध्यापन कार्य को विराम लगाते हुए, लगभग दो दशकों से भी अधिक समय अपना समस्त जीवन मानव कल्याण के आध्यात्मिक विकास हेतु अर्पण किया है।

सरश्री कहते हैं, 'सत्य के सभी मार्गों की शुरुआत अलग-अलग प्रकार से होती है लेकिन सभी के अंत में एक ही समझ प्राप्त होती है। **'समझ' ही सब कुछ है और यह 'समझ' अपने आपमें पूर्ण है।** आध्यात्मिक ज्ञान प्राप्ति के लिए इस 'समझ' का श्रवण ही पर्याप्त है।' इसी समझ को उजागर करने के लिए उन्होंने आज तक **तीन हज़ार से अधिक आध्यात्मिक विषयों पर प्रवचन दिए हैं,** जिनके द्वारा वे अध्यात्म की गहरी संकल्पनाएँ सीधे और व्यावहारिक रूप में समझाते हैं। समाज के हर स्तर का इंसान सरश्री द्वारा बताई जा रही समझ का लाभ ले सकता है।

यह समझ हरेक को अपने अनुभव से प्राप्त हो इसलिए सरश्री ने **'महाआसमानी परम ज्ञान शिविर'** और उसके लिए आवश्यक कार्यप्रणाली (सिस्टम) की रचना की है, **जिसका लाभ लाखों खोजी ले रहे हैं।** यह व्यवस्था आय.एस.ओ. (ISO 9001:2015) प्रमाणित है, जिसने अनेक लोगों को सत्य की राह पर चलने की प्रेरणा दी है। इसी समझ के प्रचार और प्रसार के लिए उन्होंने 'तेजज्ञान फाउण्डेशन'

नामक आध्यात्मिक संस्था की नींव रखी है। इस संस्था का मुख्य उद्देश्य है- **'हॅपी थॉट्स द्वारा उच्चतम विकसित समाज का निर्माण'**।

विश्व का हर इंसान आज सरश्री के मार्गदर्शन का लाभ ले सकता है, जिसके लिए किसी भी धर्म, जाति, उपजाति, वर्ण, पंथ, रंग या लिंग का बंधन नहीं है। विश्व के हर कोने में बसे लोग आज तेजज्ञान की इस अनूठी ज्ञान प्रणाली (System for Wisdom) का लाभ ले रहे हैं। इस व्यवस्था के एक हिस्से के रूप में **लाखों लोग रोज़ सुबह और रात को ९ बजकर ९ मिनट पर विश्व शांति के लिए प्रार्थना करते हैं।**

सरश्री को **बेस्टसेलर पुस्तक 'विचार नियम' श्रृंखला के रचनाकार** के रूप में भी जाना जाता है, जिसकी **१ करोड़ से ज़्यादा प्रतियाँ केवल ५ सालों** में वितरित हो चुकी हैं। इसके अलावा उन्होंने विविध विषयों पर **१०० से अधिक पुस्तकों का लेखन** किया है, जिनमें से *'विचार नियम'*, *'स्वसंवाद का जादू'*, *'स्वयं का सामना'*, *'स्वीकार का जादू'*, *'निःशब्द संवाद का जादू'*, *'संपूर्ण ध्यान'* आदि पुस्तकें बेस्टसेलर बन चुकी हैं। ये पुस्तकें दस से अधिक भाषाओं में अनुवादित की जा चुकी हैं और प्रमुख प्रकाशकों द्वारा प्रकाशित की गई हैं, जैसे पेंगुइन बुक्स, जैको बुक्स, मंजुल पब्लिशिंग हाऊस, प्रभात प्रकाशन, राजपाल ॲण्ड सन्स, पेंटागॉन प्रेस, सकाळ प्रकाशन इत्यादि।

तेजज्ञान फाउण्डेशन– परिचय

तेजज्ञान फाउण्डेशन आत्मविकास से आत्मसाक्षात्कार प्राप्त करने का एक रास्ता है। इसके लिए सरश्री द्वारा एक अनूठी बोध पद्धति (System for Wisdom) का सृजन हुआ है। इस पद्धति को अन्तर्राष्ट्रीय मानक ISO 9001:2015 के आवश्यकताओं एवं निर्देशों के अनुरूप ढालकर सरल, व्यावहारिक एवं प्रभावी बनाया गया है।

इस संस्था की बोध पद्धति के विभिन्न पहलुओं (शिक्षण, निरीक्षण व गुणवत्ता) को स्वतंत्र गुणवत्ता परीक्षकों (Quality Auditors) द्वारा क्रमबद्ध तरीके से जाँचा गया। जिसके बाद इन पहलुओं को ISO 9001:2015 के अनुरूप पाकर, इस बोध पद्धति को प्रमाणित किया गया है।

फाउण्डेशन का लक्ष्य आपको नकारात्मक विचार से सकारात्मक विचार की ओर बढ़ाना है। सकारात्मक विचार से शुभ विचार यानी हॅपी थॉट्स (विधायक आनंदपूर्ण विचार) और शुभ विचार से निर्विचार की ओर बढ़ा जा सकता है। निर्विचार से ही आत्मसाक्षात्कार संभव है। शुभ विचार (Happy Thoughts) यानी यह विचार कि 'मैं हर विचार से मुक्त हो जाऊँ'। शुभ इच्छा यानी यह इच्छा कि 'मैं हर इच्छा से मुक्त हो जाऊँ'।

ज्ञान का अर्थ है सामान्य ज्ञान लेकिन तेजज्ञान यानी वह ज्ञान जो ज्ञान व अज्ञान के परे है। कई लोग सामान्य ज्ञान की जानकारी को ही ज्ञान समझ लेते हैं लेकिन असली ज्ञान और जानकारी में बहुत अंतर है। आज लोग सामान्य ज्ञान के जवाबों को ज़्यादा महत्त्व देते हैं। उदाहरण के तौर पर कर्म और भाग्य, योग और प्राणायाम, स्वर्ग और नर्क इत्यादि। आज के युग में सामान्य ज्ञान प्रदान करनेवाले लोग और शिक्षक कई मिल जाएँगे मगर इस ज्ञान को पाकर जीवन में कोई बड़ा परिवर्तन नहीं होता। यह ज्ञान या तो केवल बुद्धि विलास है या फिर अध्यात्म के नाम पर बुद्धि का व्यायाम है।

सभी समस्याओं का समाधान है– तेजज्ञान। भय से मुक्ति, चिंतारहित व क्रोध से आज़ाद जीवन है– तेजज्ञान। शारीरिक, मानसिक, सामाजिक, आर्थिक और आध्यात्मिक उन्नति के लिए है– तेजज्ञान। तेजज्ञान आपके अंदर है, आएँ और इसे पाएँ।

यदि आप ऐसा ज्ञान चाहते हैं, जो सामान्य ज्ञान के परे हो, जो हर समस्या का समाधान हो, जो सभी मान्यताओं से आपको मुक्त करे, जो आपको ईश्वर का साक्षात्कार कराए, जो आपको सत्य पर स्थापित करे तो समय आ गया है तेजज्ञान को जानने और शब्दोंवाले सामान्य ज्ञान से उठकर तेजज्ञान का अनुभव करने का।

अब तक अध्यात्म के अनेक मार्ग बताए गए हैं। जैसे जप, तप, मंत्र, तंत्र, कर्म, भाग्य, ध्यान, ज्ञान, योग और भक्ति आदि। इन मार्गों के अंत में जो समझ, जो बोध प्राप्त होता है, वह एक ही है। सत्य के हर खोजी को अंत में एक ही समझ मिलती है और इस समझ को सुनकर भी प्राप्त किया जा सकता है। उसी समझ को सुनना यानी तेजज्ञान प्राप्त करना है।

तेजज्ञान के श्रवण से सत्य का साक्षात्कार होता है, ईश्वर का अनुभव होता है। यही तेजज्ञान सरश्री महाआसमानी परम ज्ञान शिविर में प्रदान करते हैं।

महाआसमानी परम ज्ञान शिविर परिचय और लाभ (निवासी)

क्या आपको उच्चतम आनंद पाने की इच्छा है? ऐसा आनंद, जो किसी कारण पर निर्भर नहीं है, जिसमें समय के साथ केवल बढ़ोतरी ही होती है। क्या आप इसी जीवन में प्रेम, विश्वास, शांति, समृद्धि और परमसंतुष्टि पाना चाहते हैं? क्या आप शारीरिक, मानसिक, सामाजिक, आर्थिक और आध्यात्मिक इन सभी स्तरों पर सफलता हासिल करना चाहते हैं? क्या आप 'मैं कौन हूँ' इस सवाल का जवाब अनुभव से जानना चाहते हैं।

यदि आपके अंदर इन सवालों के जवाब जानने की और 'अंतिम सत्य' प्राप्त करने की प्यास जगी है तो तेजज्ञान फाउण्डेशन द्वारा आयोजित 'महाआसमानी परम ज्ञान शिविर' में आपका स्वागत है। यह शिविर पूर्णतः सरश्री की शिक्षाओं पर आधारित है। सरश्री आज के युग के आध्यात्मिक गुरु और 'तेजज्ञान फाउण्डेशन' के संस्थापक हैं, जो अत्यंत सरलता से आज की लोकभाषा में आध्यात्मिक समझ प्रदान करते हैं।

महाआसमानी परम ज्ञान शिविर का उद्‌देश्य :

इस शिविर का उद्‌देश्य है, 'विश्व का हर इंसान 'मैं कौन हूँ' इस सवाल का जवाब जानकर सर्वोच्च आनंद में स्थापित हो जाए।' उसे ऐसा ज्ञान मिले, जिससे वह हर पल वर्तमान में जीने की कला प्राप्त करे। भूतकाल का बोझ और भविष्य की चिंता इन दोनों से वह मुक्त हो जाए। हर इंसान के जीवन में स्थायी खुशी, सही समझ और समस्याओं को विलीन करने की कला आ जाए। मनुष्य जीवन का उद्‌देश्य पूर्ण हो।

'मैं कौन हूँ? मैं यहाँ क्यों हूँ? मोक्ष का अर्थ क्या है? क्या इसी जन्म में मोक्ष प्राप्ति संभव है?' यदि ये सवाल आपके अंदर हैं तो महाआसमानी परम ज्ञान शिविर इसका जवाब है।

महाआसमानी परम ज्ञान शिविर के मुख्य लाभ :

इस शिविर के लाभ तो अनगिनत हैं मगर कुछ मुख्य लाभ इस प्रकार हैं–

* जीवन में दमदार लक्ष्य प्राप्त होता है।
* 'मैं कौन हूँ' यह अनुभव से जानना (सेल्फ रियलाइजेशन) होता है।
* मन के सभी विकार विलीन होते हैं।
* भय, चिंता, क्रोध, बोरडम, मोह, तनाव जैसी कई नकारात्मक बातों से मुक्ति मिलती है।
* प्रेम, आनंद, मौन, समृद्धि, संतुष्टि, विश्वास जैसे कई दिव्य गुणों से युक्ति होती है।
* सीधा, सरल और शक्तिशाली जीवन प्राप्त होता है।

* हर समस्या का समाधान प्राप्त करने की कला मिलती है।
* 'हर पल वर्तमान में जीना' यह आपका स्वभाव बन जाता है।
* आपके अंदर छिपी सभी संभावनाएँ खुल जाती हैं।
* इसी जीवन में मोक्ष (मुक्ति) प्राप्त होता है।

महाआसमानी परम ज्ञान शिविर में भाग कैसे लें?

इस शिविर में भाग लेने के लिए आपको कुछ खास माँगें पूरी करनी होती हैं। जैसे-

१) आपकी उम्र कम से कम अठारह साल या उससे ऊपर होनी चाहिए।

२) आपको सत्य स्थापना शिविर (फाउण्डेशन ट्रुथ रिट्रीट) में भाग लेना होगा, जहाँ आप सीखेंगे- वर्तमान के हर पल को कैसे जीया जाए और निर्विचार दशा में कैसे प्रवेश पाएँ।

३) आपको कुछ प्राथमिक प्रवचनों में उपस्थित होना है, जहाँ आप बुनियादी समझ आत्मसात कर, महाआसमानी परम ज्ञान शिविर के लिए तैयार होते हैं।

यह शिविर एक या दो महीने के अंतराल में आयोजित किया जाता है, जिसका लाभ हज़ारों खोजी उठाते हैं। इस शिविर की तैयारी आप दो तरीके से कर सकते हैं। पहला तरीका- मनन आश्रम (पूना) में पाँच दिवसीय निवासी शिविर में भाग लेकर, दूसरा तरीका- तेजज्ञान फाउण्डेशन के नजदीकी सेंटर पर सत्य श्रवण द्वारा। जैसे- पुणे, मुंबई, दिल्ली, सांगली, सातारा, जलगाँव, अहमदाबाद, कोल्हापुर, नासिक, अहमदनगर, औरंगाबाद, सूरत, बरोडा, नागपुर, भोपाल, रायपुर, चेन्नई, वर्धा, अमरावती, चंद्रपुर, यवतमाल, रत्नागिरी, लातूर, बीड, नांदेड, परभणी, पनवेल, ठाणे, सोलापुर, पंढरपुर, अकोला, बुलढाणा, धुले, भुसावल, बैंगलोर, बेलगाम, धारवाड, भुवनेश्वर, कोलकत्ता, राँची, लखनऊ, कानपुर, चंदीगढ़, जयपुर, पणजी, म्हापसा, इंदौर, इटारसी, हरदा, विदिशा, बुरहानपुर।

इनके अतिरिक्त आप महाआसमानी की तैयारी फाउण्डेशन में उपलब्ध सरश्री द्वारा रचित पुस्तकें या यू ट्यूब के संदेश सुनकर भी कर सकते हैं। मगर याद रहे ये पुस्तकें, यू ट्यूब के प्रवचन शिविर का परिचय मात्र है, तेजज्ञान नहीं। आप महाआसमानी परम ज्ञान शिविर में भाग लेकर ही तेजज्ञान का आनंद ले सकते हैं। आगामी महाआसमानी परम ज्ञान शिविर में अपना स्थान आरक्षित करने के लिए संपर्क करें : ०९९२१००८०६०/७५, ९०११०१३२०८

महाआसमानी परम ज्ञान शिविर स्थान :

यह शिविर पुणे में स्थित मनन आश्रम पर आयोजित किया जाता है। इस शिविर के लिए भोजन और रहने की व्यवस्था की जाती है। यदि आपको कोई शारीरिक बीमारी है और आप नियमित रूप से दवाई ले रहे हैं तो कृपया अपनी दवाइयाँ साथ में लेकर आएँ। वातावरण अनुसार गरम कपड़े, स्वेटर, ब्लैंकेट आदि भी लाएँ।

'मनन आश्रम' पुणे शहर के बाहरी क्षेत्र में पहाड़ों और निसर्ग के असीम सौंदर्य के बीच बसा हुआ है। इस आश्रम में पुरुषों और महिलाओं के लिए अलग-अलग, कुल मिलाकर ७०० से ८०० लोगों के रहने की व्यवस्था है। यह आश्रम पुणे शहर से १७ किलो मीटर की दूरी पर है। हवाई अड्डा, हाइवे और रेल्वे से पुणे आसानी से आ-जा सकते हैं।

मनन आश्रम : मनन आश्रम, पुणे, सर्वे नं. ४३, सनस नगर, नांदोशी गाँव, किरकट वाडी फाटा, तहसील - हवेली, जिला : पुणे - ४११०२४. फोन : ०९९२१००८०६०

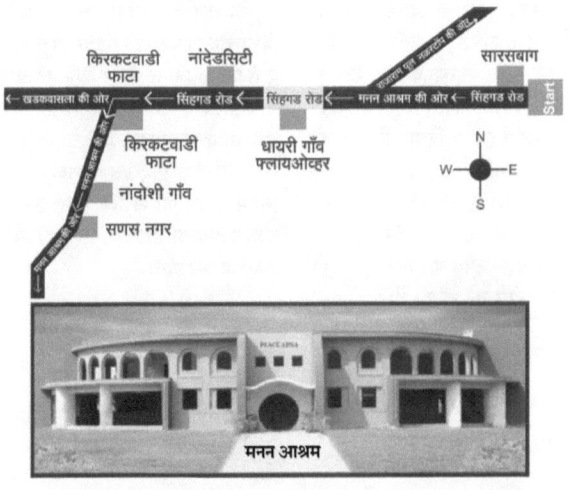

अब एक क्लिक पर ही शिविर का रजिस्ट्रेशन!

तेजज्ञान फाउण्डेशन की इन शिविरों के लिए
अब आप ऑनलाईन रजिस्ट्रेशन भी कर सकते हैं–

* महाआसमानी महानिवासी शिविर (पाँच दिवसीय निवासी शिविर)
* मैजिक ऑफ अवेकनिंग (केवल अंग्रेजी भाषा जाननेवालों के लिए तीन दिवसीय निवासी शिविर)
* मिनी महाआसमानी (निवासी) शिविर, युवाओं के लिए

रजिस्ट्रेशन के लिए आज ही लॉग इन करें

 www.tejgyan.org

समस्याओं को सुलझाने के लिए सरश्री द्वारा रचित अन्य श्रेष्ठ पुस्तकें

विचार नियम

आपकी कामयाबी का रहस्य

विचार नियम पुस्तक के ज़रिए * अपने आंतरिक और बाहरी जीवन में तालमेल बिठाएँ। * अपनी इच्छा अनुसार शांत व स्थिर महसूस करें। * विचारों के पार जाकर अपने 'असली अस्तित्व' को पहचानें, जो आपकी मूल अवस्था है। * विचार नियमों को अपने जीवन में उतारें ताकि आप अपनी उच्चतम संभावना की ओर सहजता से आगे बढ़ पाएँ। मौनायाम की अवस्था में रहें और प्रेम, आनंद, करुणा, भरपूरता व रचनात्मकता जैसे गुणों को अपने अंदर से प्रकट होने का मौका दें।

विश्वास नियम

सर्वोच्च शक्ति के सात नियम

* विश्वास की शक्ति से जो चाहें वह कैसे पाएँ * विश्वासघात पर मात पाकर विश्व के लिए नया उदाहरण कैसे बनें * अपने भीतर छिपे हर अविश्वास को विश्वास में रूपांतरित करके विकास की ओर कैसे बढ़ें * हर समस्या का समाधान कैसे खोजें * विश्वास द्वारा संपूर्ण सफलता कैसे पाएँ इस पुस्तक में दिए गए सात विश्वास नियम ऊर्जा का असीम भंडार हैं। ये आपके जीवन की नकारात्मकता हटाकर, आपको सकारात्मक ऊर्जा से लबालब भर देंगे।

इमोशन्स पर जीत

दुःखद भावनाओं से मुलाकात कैसे करें

भावनाओं से मुक्ति पाने के दो ही तरीके इंसान ने सीखे हैं- एक है उन्हें निगलना और दूसरा है उगलना। जबकि भावनाओं को मुक्त करने के अनेक अचूक तरीके हैं, जो इस पुस्तक में आपको बताए गए हैं।

विचार नियम का मूल **प्रार्थना बीज**

विश्वास बीज एक अद्‌भुत शक्ति

प्रभावशाली भाषा और सुबोध शब्द रचनाओं से सुसज्जित तथा प्रेरक प्रसंगों पर आधारित 'प्रार्थना बीज' यह पुस्तक अद्वितीय है। प्रार्थना और विश्वास बीज द्वारा पाठकों के जीवन को सुखमय, शांतिपूर्ण और वैभवशाली बनाने में पुस्तक का उद्‌देश्य सफल और सार्थक है।

स्वसंवाद का जादू

अपना रिमोट कंट्रोल कैसे प्राप्त करें

स्वसंवाद द्वारा पाठक सुख-दुःख के रहस्य, विचारों की दिशा, स्वसंवाद संदेश, रोग निवारण, सेल्फ रिमोट कंट्रोल, कार्य की पूर्णता, नफरत से मुक्ति, उत्तम स्वसंवाद और नए विचारों को प्राप्त करने के उपाय जान सकते हैं। सकारात्मक स्वसंवाद पर विश्वास रखने से ही उत्तम जीवन जीने का पथ प्रशस्त हो सकता है। कुल मिलाकर यह पुस्तक स्वसंवाद की महत्ता को रेखांकित करते हुए पाठकों को नई दिशा देती है।

वार्तालाप का जादू
कम्युनिकेशन

वार्तालाप का जादू

कम्युनिकेशन के बेहतर तरीके

कम्युनिकेशन, जीवन में कितनी अहमियत रखता है, यह अगर देखना हो तो अपने आस-पास के लोगों पर गौर करें। कहीं न कहीं कोई किसी के बारे में शिकायत करता मिल जाएगा। 'फलाँ इंसान को तो बोलने की तमीज़ ही नहीं है....वह बड़ा मुँहफट है'... इस तरह देखें तो सबके साथ यह समस्या है। यह है वार्तालाप के जादू यानी कम्युनिकेशन कौशल की कमी। कम्युनिकेशन कौशल में सबसे महत्वपूर्ण योगदान हमारे शब्दों का होता है। इस पुस्तक में अधिकतर इसी विषय को उठाया गया है।

– तेजज्ञान इंटरनेट रेडियो –

२४ घंटे और ३६५ दिन सरश्री के प्रवचन और भजनों का लाभ लें, तेजज्ञान इंटरनेट रेडियो द्वारा।

देखें लिंक- http://www.tejgyan.org/internetradio.aspx

हर रविवार सुबह १०.०५ से १०.१५ रेडियो विविध भारती, एफ. एम. पुणे पर 'तेजविकास मंत्र'

नोट : *उपरोक्त कार्यक्रमों के समय बदल सकते हैं इसलिए समय की पुष्टि करें।*

---

www.youtube.com/tejgyan पर भी सरश्री के प्रवचनों का लाभ ले सकते हैं।

For online shoping visit us - www.tejgyan.org, www.gethappythoughts.org

---

e-books - • The Source • Celebrating Relationships • The Miracle Mind • Everything is a Game of Beliefs • Who am I now • Beyond Life • The Power of Present • Freedom from Fear Worry Anger • Light of grace • The Source of Health and many more.

Also available in Hindi at www. gethappythoughts.org

e-mail - mail@tejgyan.com

website - www.tejgyan.org, www.gethappythoughts.org

Free apps - U R Meditation & Tejgyan Internet Radio on all platforms like Android, iPhone, iPad and Amazon

e-magazines - 'Yogya Aarogya' & 'Drushtilakshya' emagazines available on www.magzter.com

पुस्तकें प्राप्त करने के लिए नीचे दिए गए पते पर मनीऑर्डर द्वारा पुस्तक का मूल्य भेज सकते हैं। पुस्तकें रजिस्टर्ड, कुरियर अथवा वी.पी.पी. द्वारा भेजी जाती हैं।

पुस्तकों के लिए नीचे दिए गए पते पर संपर्क करें।

WOW Publishings Pvt. Ltd.

* रजिस्टर्ड ऑफिस – E- 4, वैभव नगर, तपोवन मंदिर के नज़दीक, पिंपरी, पुणे – 411017

* पोस्ट बॉक्स नं. ३६, पिंपरी कॉलोनी पोस्ट ऑफिस, पिंपरी, पुणे – 411017 फोन नं.: 09011013210 / 9146285129

आप ऑन-लाइन शॉपिंग द्वारा भी पुस्तकों का ऑर्डर दे सकते हैं।

लॉग इन करें – www.gethappythoughts.org

500 रुपयों से अधिक पुस्तकें मँगवाने पर १०% की छूट और फ्री शिपिंग।

तेजज्ञान फाउण्डेशन – मुख्य शाखाएँ

पुणे (रजिस्टर्ड ऑफिस) - विक्रांत कॉम्प्लेक्स, तपोवन मंदिर के नज़दीक, पिंपरी, पुणे-४११ ०१७. फोन : 020-27411240, 27412576

मनन आश्रम - सर्वे नं. ४३, सनस नगर, नांदोशी गाँव, किरकटवाडी फाटा, तहसील- हवेली, जिला- पुणे - ४११ ०२४. फोन : 09921008060

- विश्व शांति प्रार्थना -

'पृथ्वी पर सफेद रोशनी (दिव्य शक्ति) आ रही है।
पृथ्वी से सुनहरी रोशनी (चेतना) उभर रही है।
विश्व से सारी नकारात्मकता दूर हो रही है।
सभी प्रेम, आनंद और शांति के लिए
खुल रहे हैं, खिल रहे हैं।'

यह 'सामूहिक अव्यक्तिगत प्रार्थना' तेजज्ञान फाउण्डेशन के सदस्य पिछले कई सालों से निरंतरता से कर रहे हैं। खुश लोग यह प्रार्थना कर सकते हैं और बीमार, दुःखी लोग उस वक्त एक जगह बैठकर इस प्रार्थना को ग्रहण कर स्वास्थ्य लाभ पा सकते हैं।

यदि इस वक्त आप परेशान या बीमार हैं तो रोज़ सुबह या रात ९:०९ को केवल ग्रहणशील होकर इस भाव से बैठें कि 'स्वास्थ्य और शांति की सफेद रोशनी जो इस वक्त प्रार्थना में बैठे कई लोगों द्वारा नीचे पृथ्वी पर उतर रही है, वह मुझमें भी अपना कार्य कर रही है। मैं स्वस्थ और शांत हो रहा हूँ।' कुछ देर इस भाव में रहकर आप सबको धन्यवाद देकर उठें।

यह पुस्तक पढ़ने के बाद आप अपना अभिप्राय (विचार सेवा) इस पते पर भेज सकते हैं :
Tejgyan Global Foundation,
Pimpri Colony Post office, P.O. Box 25,
Pune - 411 017. Maharashtra (India).

www.ingramcontent.com/pod-product-compliance
Lightning Source LLC
LaVergne TN
LVHW041546070526
838199LV00046B/1846
* 9 7 8 8 1 8 4 1 5 6 5 4 6 *